Tucholsky Wagner Zola Scott Sydow Fonatne Freud Schlegel
Turgenev Wallace
Twain Walther von der Vogelweide Fouqué Friedrich II. von Preußen
Weber Freiligrath
Frey
Fechner Fichte Weiße Rose von Fallersleben Kant Ernst Richthofen Frommel
Hölderlin
Fehrs Engels Fielding Eichendorff Tacitus Dumas
Faber Flaubert
Feuerbach Maximilian I. von Habsburg Fock Eliasberg Zweig Ebner Eschenbach
Ewald Eliot Vergil
Goethe London
Elisabeth von Österreich
Mendelssohn Balzac Shakespeare Dostojewski Ganghofer
Lichtenberg Rathenau
Trackl Stevenson Doyle Gjellerup
Tolstoi Hambruch
Mommsen Lenz
Thoma Hanrieder Droste-Hülshoff
von Arnim
Dach Verne Hägele Hauff Humboldt
Reuter
Karrillon Rousseau Hagen Hauptmann
Garschin Gautier
Defoe Baudelaire
Damaschke Hebbel
Descartes
Hegel Kussmaul Herder
Wolfram von Eschenbach Schopenhauer
Dickens
Darwin Rilke George
Bronner Melville Grimm Jerome
Bebel
Campe Horváth Aristoteles Proust
Bismarck Vigny Barlach Voltaire Federer Herodot
Gengenbach Heine
Storm Casanova Tersteegen Grillparzer Georgy
Lessing Gilm
Chamberlain Langbein Gryphius
Brentano Lafontaine
Strachwitz Claudius Schiller Kralik Iffland Sokrates
Schilling
Katharina II. von Rußland Bellamy
Gerstäcker Raabe Gibbon Tschechow
Löns Hesse Hoffmann Gogol Wilde Vulpius
Gleim
Luther Heym Hofmannsthal Morgenstern
Klee Hölty
Roth Heyse Klopstock Goedicke
Kleist
Luxemburg Puschkin Homer
Mörike
La Roche Horaz Musil
Machiavelli
Kierkegaard Kraft Kraus
Navarra Aurel Musset
Lamprecht Kind Kirchhoff Hugo Moltke
Nestroy Marie de France
Laotse Ipsen Liebknecht
Nietzsche Nansen
Marx Ringelnatz
Lassalle Gorki Klett
von Ossietzky Leibniz
May
vom Stein Lawrence Irving
Petalozzi
Platon Knigge
Pückler Michelangelo Kafka
Sachs Kock
Poe Liebermann
Korolenko
de Sade Praetorius Mistral Zetkin

Der Verlag tredition aus Hamburg veröffentlicht in der Reihe **TREDITION CLASSICS** Werke aus mehr als zwei Jahrtausenden. Diese waren zu einem Großteil vergriffen oder nur noch antiquarisch erhältlich.

Symbolfigur für **TREDITION CLASSICS** ist Johannes Gutenberg (1400 — 1468), der Erfinder des Buchdrucks mit Metalllettern und der Druckerpresse.

Mit der Buchreihe **TREDITION CLASSICS** verfolgt tredition das Ziel, tausende Klassiker der Weltliteratur verschiedener Sprachen wieder als gedruckte Bücher aufzulegen – und das weltweit!

Die Buchreihe dient zur Bewahrung der Literatur und Förderung der Kultur. Sie trägt so dazu bei, dass viele tausend Werke nicht in Vergessenheit geraten.

Weisse Flamme

Ilse Frapan

Impressum

Autor: Ilse Frapan
Umschlagkonzept: toepferschumann, Berlin

Verlag: tredition GmbH, Hamburg
ISBN: 978-3-8424-0752-7
Printed in Germany

Text der Originalausgabe

Ilse Frapan

Die weiße Flamme.

Und so hatte er denn mitten im Semester den Wirthsleuten das Zimmer kündigen und umziehen müssen. Es war ihm zwar fast aus Herz gewachsen, das Stübchen mit dem weiten Blick über die Stadt hinweg, nach dem schönen, farbenwechselnden Ütliberg drüben, aber im Sommer galt es ja ohnehin die Läden zu verschließen, weil ihm den ganzen Tag die Sonne auf das einzige Fenster brannte. Und dazu der ewige Streit zwischen den Eheleuten, die sich mit jedem Monat schlechter vertrugen – er war froh, als er seinen Trieb, alles beim alten zu lassen, damit es ginge, wie es Gott gefiele, endlich überwunden und die Änderung getroffen hatte.

Das war nun freilich ein anderes Haus, in das ihn der Zufall geführt. Ein altes vornehmes, weitläufig gebautes Haus mit großen getäfelten Stuben und niedrigen Balkendecken, mit steingepflastertem hallendem Hausflur, kühl und sonnenlos, mit verräucherten Ölgemälden an den Treppenaufgängen, eingemauerten Wappenschildern und glänzenden Messingschlössern an den Thüren. Nicht ein einziger Student wohnte darin, sondern lauter solide, wohlhäbige Vollbürger, die ihren guten Wein im Keller hatten und um zehn Uhr zu Bette gingen; Männer mir ehrfurchterweckenden Uhrketten auf Sammtwesten und Kotelettbärten, Leute, die wenig Mägde hielten, weil ihre Frauen sonst nichts zu thun gewußt hätten – ein stilles, reserviert blickendes Haus, das sich etwas darauf zu gute that, nicht modern zu sein, weil modern ihm soviel wie leichtfertig und armschluckerhaft bedeutete.

Und in diese Umgebung er hinein mit seinen zweiundzwanzig Jahren, seinem Widerwillen gegen das Hergebrachte, das ehrwürdig genannt sein wollte, nur weil es alt war – mit seinem Spürsinn für faule Flecke und unklare Verhältnisse, mit seiner Anbetung der socialistischen Idee, die er idealisierte, zum Evangelium der Zukunft machte, mit seinem jungen Weltverbesserermuth und seinem täglichen, stündlichen Verzweifeln an sich selbst. Es war ihm auch selber jedesmal ein wunderliches Gefühl, die glatt und glänzend braun gewichsten Treppen hinan zu stürmen, und in den ersten Tagen war es ihm sogar passiert, daß er den Schritt unwillkürlich dämpfte, wenn weiter oben oder unten eine Thür geöffnet wurde; nicht etwa aus Befangenheit, wie er entschuldigend zu sich selber sagte, sondern aus einem stark entwickeltem Gefühl für das Stylvolle. Es wäre nicht im Character des Hauses gewesen, hier studentisch ungebunden mit Pfeifen und in weiten Sätzen, wie er es gewohnt war, aus- und einzugehen. Man war schließlich auch aus guter Familie und über die erste kraftgenialische Periode hinaus — ja, und wenn einmal etwas von seinem Programm verlaufen sollte, war es auch nicht übel, diesen Philistern und grassen Bourgeois zu zeigen, daß man Socialist sein und doch die Formen der sogenannten guten Gesellschaft besitzen könne.

So lachte er zu den Bedenken und Abmachungen seiner Freunde und schwur, daß er sich zum erstenmal in seiner Wohnung behaglich fühle, seit er in Zürich sei.

»Weil du eben auch schon auf dem Wege bist, ein Philister zu werden«, hieß es, und da lachte er noch fröhlicher und ließ es dabei bewenden. Eben weil sie alle ihm prophezeiten, er werde es in seiner »Kapitalistenhochburg« noch viel weniger aushalten als in der Proletarierspelunke. War es doch immer sein Vergnügen und sein Stolz gewesen, das Gegenteil von dem zu thun, was man von ihm erwartete. Sie konnten ihm eigentlich keinen größeren Gefallen erweisen, als achselzuckend von ihm zu sagen »Ja, Iversen ist eben unberechenbar.« Er protestierte dann gleichmüthig: »Aber nein! wieso denn?« Heimlich dachte er: Nun ja, wenn ich von euch allen ausgerechnet werden könnte — ein trauriger Tropf müßte ich sein; da wär's gerade Zeit, sich dem Absinth zu ergeben, oder dem Morphium (auf Wein oder Bier verfiel er schon gar nicht!) oder dem Börsenspiel oder einer »Meitschi mit Batze«, oder dem Antisemitismus, oder irgend einen anderen »Kühweg« zu betreten, wie ihr ihn früher oder später alle einmal entlang trottet.

Aber es war nicht allein Trotz, es war auch ein ästhetisches Wohlbehagen an seiner neuen Umgebung. Und dann hatte ihm die

Wirthin von Anfang an so gefallen. Ein zartes altes Frauchen, nicht größer als ein vierzehnjähriges Kind, mit einem feinen bleichen Gesichtchen, besonders der Mund mit den ein wenig herabgezogenen Winkeln war so unendlich sein. Und sie hatte etwas Anmuthiges in den Bewegungen und besonders in der Art, den Kopf hinten über zu legen, wenn sie mit ihm sprach, das ihm hier zu Lande noch nicht vorgekommen war. In Deutschland, ja, da kannte er so feine alte Frauen, nur hatten die etwas Starres, Formelles, nicht diese vogelartige graziöse Hurtigkeit, die an ein junges Mädchen erinnerte, diese anspruchslose Freundlichkeit, wenn er ihr auf der Treppe oder im Gang begegnete, diesen ganz zarten, wehmüthigen Duft, wie ihn eine welke Blume aushaucht, die einmal sehr lieblich, sehr schön gewesen.

Und dann war es so wonnig still um ihn herum. Außer der Wirthin und der langgedienten, bäuerlich breiten Magd war niemand im ganzen Stock, und von unten störte kein ungeschickter Laut seine Muße. Die drei kleinen Fenster gingen ins Grüne; ehemals hatte der schöne baumreiche Garten mit den hohen Thuja- und Cedernwipfeln wohl zu diesem Hause gehört, bis es herunterkam und stockweise vermietet wurde. Und über den noch märzkahlen Obstbaumkronen hinweg sah man den Kranz der Alpenhäupter, vom Glärnisch bis zum Uri-Rothstock, ganz hoch am Horizont, daß es ihm immer vorkam, als sähe er eine Landschaft von Dürer im drückend engen niederen Fensterrahmen. Er setzte sich auch hin, das abzuzeichnen, aber dann, unwillig über sich selbst, als es ihm nicht gelang, beschloß er, all' diese Tagedieberei aufzugeben und die seltene Ruhe um ihn her, einzig zur Arbeit aufs Examen zu benutzen. War er doch ohnehin schon sehr alt geworden, fast dreiundzwanzig Jahr, über all' seinem zersplitterten Interesse, ohne nur einmal so viel wie das zweite Propädeutikum gemacht zu haben. Es gab kühle Mahnbriefe von zu Haus, ironische Erkundigungen nach seinem »neuesten Steckenpferd«, wie der Papa Mediciner seine Beschäftigung mit Politik und Literatur nannte, und es kam ihn allmählich hart an, die Widersprüche zwischen seinem bloß genießenden Leben und der socialen Richtung, die er mit so viel heftigem Enthusiasmus vertrat, glatt hinunterzuschlucken. Die meisten der »Genossen« kannten solche Skrupel nicht; sie lebten wie die Lilien auf dem Felde von den Monatswechseln der Papas, immer unter der Verkündigung des Prinzips, daß Arbeit die Pflicht aller sei, und daß nur die Ausübung der allgemeinen Arbeitspflicht die Gesellschaft retten könne. Aber er wollte nicht sein wie die anderen, und er ärgerte sich, ärgerte sich, daß er sich füttern lassen mußte wie ein Schulknabe. Füttern und schelten! Wie viele Jahre das nun schon so ging, es war zum Verzweifeln! Und bis wir den Zukunftsstaat haben, wo jeder sein Leben verdient, einfach dadurch, daß er täglich drei oder vier Stunden an einer Maschine steht, kann man alt und grau werden. Da blieb schließlich nichts übrig, als sich ans Studium zu halten – es war ihm schon wie eine wohltönende Vorbedeutung, daß die neue Wirthin ihn von Anfang »Herr Doktor« geheißen. Er sagte nicht nein, obwohl er roth wurde; schade, daß sein Papa und der ebenso sarkastische Schwager nicht hören konnten, mit welcher Achtung man ihn hier behandelte! die hätten sich ein Beispiel nehmen dürfen.

So kräftig war sein Entschluß, daß er bis über die Osterferien anhielt; er ging nicht heim, wie die Eltern es gewünscht, sondern blieb die zwei stillen langweiligen Monate, wo es in den Züricher Straßen geradezu unheimlich leer an Studenten war, hinter den Büchern hocken, holte viel Versäumtes nach, ward aber aus Mangel an freundlicher Ansprache ganz öde und in sich gekehrt und fiel von einem »Moralischen« in den anderen. Da er nun infolge dessen oft mit gefalteter Stirn, nachdenklichen Mundwinkeln und etwas gebeugter Haltung der überschlanken Gestalt einherging, setzte sich in dem Hause, das sich ganz heimlich hinter dicht zusammengezogenen Gardinen und durch Gucklöcher in den Flurthüren, mit ihm beschäftigte, die Meinung fest, daß »Frau Doktor Röslin's Student« im dritten Stock etwas Rechtes und Vornehmes sein müsse, gar zu eifrig und vielleicht auch ein richtiger Streber, nicht recht jung und duckmäuserhaft, aber jedenfalls, ein solventer Zahler. Diese hohe Meinungen bekam das erste Loch nach fast zwei Monaten, als an einem wundermilden Aprilabend, voller Mondschein und Aprikosenblütenduft, der Einsame seine lang vergessene Geige dem bestaubten Kasten entnahm und bei offenen Fenstern in einem Ruck bis elf Uhr musicirte. Seit er mit Anneli gebrochen, hatte er keine Saite mehr angerührt. Ach, sie war ja nur ein Puppengehirnchen gewesen, aber wie goldig glänzten die Locken auf dem dummen runden Köpfchen, und wie verschmitzt hatte sie ihm zulächeln können, während sie mit der Großmutter die häuslichsten Dinge verhandelte. Und wie nett sie sich auf allerlei Zeichensprache verstanden, trotzdem. Fünf Finger und einer das hieß: Morgen früh um sechs Uhr geh ich zur Messe; wer Lust hat, darf mich begleiten. Ach, sie war doch sehr lieb gewesen, so frei und übermüthig, wenn sie ganz allein waren, so ganz »fromme Helene« im Beisein der Großmutter. Ja, der Neckname, über den sie fast einen ganzen Tag mit ihm geschmollt, paßte ihr leider wie angegossen! Ihr letzter Streich – o nein – das war nun einfach nicht zu dulden! Ihre Sparbüchse leeren, um einem Kunstreiter eine silbernbeschlagene Reitpeitsche zu kaufen, und das Geschenk ihm selber in die Wohnung tragen, vermummt in die Kleider ihres Bruders – das war – er hatte ihr harte Worte gesagt, als er es erfuhr und sie einfach ableugnete, endlich aber lachend zugab. Gewiß, er war für alle Gleichberechtigung der Frau, aber es mußte Grenzen geben. Es war unausstehlich für einen Mann, betrogen zu werden, noch dazu eines Tölpels wegen.

»Tölpel? Ach, wenn du nur halb so schön reiten könntest wie der, du könntest zufrieden sein und brauchtest dich nicht mit dem dummen Ding da, mit der Medicin, zu plagen.«

Das schlug den Boden aus. Er, der so oft verkündigt, alle Arbeit sei gleichwertig, begann mit ungeheurer Verachtung zu predigen gegen alles, was nicht geistige Thätigkeit war. Hatte er sonst genug gegen »Receptenschmierer« und »gelehrte Industrieritter« gedonnert, so gab es nun nichts Höheres und Verehrungswürdigeres als die Ärzte, die »Retter der Zukunft des Menschengeschlechts«, denen es zu verdanken ist, wenn wir eine wahrhaft hohe Stufe erreichen und die Tierheit immer mehr und mehr von uns abstreifen werden. Die Worte strömten nur so von seinen zornig geschürzten Lippen, über das blonde Anneli, das mit gesenktem Kopf hinduckte und verlegen mit den Bernsteinperlen an dem dünnen Halte spielte. Als er es aber völlig zerquetscht zu haben glaubte, erhob sich's mit kalt beleidigter Miene, wischte ein bißchen an den Augen herum, die übrigens nichts von Feuchtigkeit zeigten, und sagte schnippisch: wenn er es doch für so arg einfältig halte und sich für so arg gescheit, so wollte es ihn in seinem »Größenwahn« nicht weiter stören und bedauere nur, daß sie beide so sehr an den Unrechten gekommen seien. Der Dumme, der für sie passe, sei freilich schon gefunden, er werde es begreiflich schwerer haben, indes »so eine von d'Siebengescheite, mit abgeschnittene Haar, wo in d'Universität laufet«, könne er vielleicht doch bekommen. Und fort und aus. Das Anneli war gewesen. Seine Betroffenheit über die Verwandlung vor seinen Augen, wo ein leichtherziges unbedachtes Kind sich in ein boshaft freches Weib verkehrte, hielt noch tagelang an. Jetzt erfuhr er's einmal selbst, was das heißt: die Weiber! Größenwahn! Und das hatte auf dem Grund ihrer doch so seicht scheinenden Seele geschlummert, diese schöne Meinung von ihm, während sie mit einander scherzten und kosten. Er hatte gemeint, sie liebe ihn, er hatte zum mindesten geglaubt, sie seien gut Freund. Aber nun auch nie wieder. Nicht Anneli und keine andere. Und wenn es doch einmal sein sollte in fernen Tagen und das Schicksal es so mit sich brächte, dann jedenfalls kein solch Apfelblütengesicht, dem man nichts als süße blonde Gedanken zutraut. Mochte sie eher häßlich sein, die Enttäuschung ist dann nicht so groß. Das war die Überlegung der ersten Stunde.

Aber wie er nun an diesem Frühlingsabend, ohne andere Beleuchtung als den vollen Mondschein, Chopinsche Nocturnos spielte, hatte er doch lauter Visionen von Schönheit und in Mädchengestalten verkörpertem Liebreiz, und er empfand Sehnsucht sogar nach dem Anneli, das er, wäre es gerade zur Thüre hereingetreten, ohne alle weitere Rederei gewiß ans Herz gezogen hätte. Er war auch rauh und ungut gewesen, hatte nicht verstanden, sie zu halten, hatte immer nur seinen Willen, sein Vergnügen berücksichtigt, obschon er wußte, daß sie ein armes, verkehrt geleitetes, haltloses Gänschen war. Vielleicht war es seine Pflicht, einmal nachzusehen, was aus ihr geworden; die Geschichte mit dem Kunstreiter war doch eigentlich kein Grund zur Entzweiung. Sie hatte ihn ja nicht zu Hause getroffen, als sie in dem gewagten Costüm zu ihm ging, und sie hatte sich übrigens nur verkleidet, um nicht als Mädchen erkannt zu werden. Sie hatte gewissermaßen nur ihren eigenen Laufburschen vorstellen wollen, wie jener Geizhals Nachts sein Haus umstrich und bellte, als ob er sein eigener Hund wäre. Die häßliche, die zweideutige Beleuchtung hatte eben er, Iversen, auf die harmlose Dummheit fallen lassen – ja wir Männer sind eben unsaubere Tiere und können uns in ein unschuldiges Irren gar nicht mehr hineindenken. Nun, und als Anneli seine empörenden Insinuationen gehört, wie sollte sie da nicht wild geworden sein? Und es ist nicht wahr, daß bei einem Streit sich immer der inwendige, sonst verborgene Mensch herauskehrt! Ganz im Gegenteil; man sagt Dinge, an die man nie gedacht hat, von denen man später selbst nicht begreift, wie sie einem auf die Zunge kommen. Der Jähzorn, der Rachsinn greift blind nach der ersten schlechtesten Waffe; die Wunde, die sie verursacht, ist gewollt, und doch nicht immer so gewollt; Notwehr entschuldigt selbst den Todtschläger.

Über so hin- und hergaukelnden Gedanken, die sein Spiel nicht störten, sondern sich vielmehr mit den Tönen in ein beziehungsreiches Frage- und Antwortspiel eingelassen zu haben schienen, beachtete er nicht, daß unter ihm geklopft ward, erst dumpfer, dann lauter, endlich so stark, daß ihm der Lärm zum Bewußtsein kam; dazu flog es ihm auch durch den Kopf, das Klopfen gelte ihm. Ja, da war es, unter seinen Füßen, just wo er mit der Geige stand und in die blaue Nacht hinausstarrte. »Hoho, alter Maulwurf!« rief er, aus der Träumerei erwachend, und erwiderte das Klopfen mit dem Stiefelabsatz, »bist du kein Freund von Chopin? Vielleicht gefällt's dir besser, nach Moszkowskis Takt zu schlafen!« Und übermüthig strich er einen spanischen Tanz herunter, wozu er sich selbst, wie angesteckt von dem Tempo, im Zimmer herumdrehte. Aber ein wütenderes Trommeln an der Stubendecke unterbrach ihn. Ein Fenster unter dem seinigen ward heftig aufgerissen, und ein lautes tobendes Schelten ergoß sich in die sanfte Nachtstille. Die Dissonanz war zu grell. Iversen verstopfte sich die Ohren vor den »Chaiben«, die in ganzen Rudeln daherfuhren. Das Schimpfen verstanden die Kapitalisten besser als die Socialdemokraten. Es war am Ende doch etwas dran, er hätte nicht hierher ziehen sollen.

Am morgen gab es ein weitläufiges Geklingel mit der Thürglocke, die sonst so wenig in Bewegung gesetzt ward. Als Iversen später auf den Flur hinaustrat, kam die breite Magd aus ihrer Küche hervor und meldete ihm mit mißbilligender Miene, »die Frau« die einen arg wüsten Brief bekommen, der Hausherr sei »schüli bös g'si« wegen der nächtlichen Ruhestörung.

Achselzuckend und geärgert wollte der Student auf sein Zimmer zurückkehren, als auch die Doktorin vor ihrer Thür erschien und ihn mit ein wenig scheuer und bekümmerter Miene bat, einen Augenblick bei ihr einzutreten.

Jetzt kommt die Exekution, dachte er, und folgte widerwillig in das hübsche Eckzimmer, dessen Fenster so mit Blumentischen voll Palmen und Aralien besetzt waren, daß nur grünes Dämmerlicht in der Mitte des Raumes herrschte.

»Bitte, daß Sie sitzen, Herr Doktor.«

Sie kann mir ja gleich kündigen, wozu die Liebenswürdigkeit und die Umschweife? dachte er und lehnte sich an den Bücherschrank, während die Frau an einem winzigen Schreibtisch Platz nahm, der ganz auf ihr Körpermaß zugeschnitten schien.

»Ich habe Ihnen etwas so Unangenehmes zu sagen«, begann sie und legte den Kopf in den Nacken, um ihn anzusehen, während ein leises Roth ihr in die Wangen stieg, »ich für mein Teil habe so große Freude gehabt an Ihrem Spiel gestern Abend, es hat mich in vergangene Tage versetzt, so ich selbst musicirte, aber nun — der Hausbesitzer ist ein roher, widriger Mensch, er sei gestört worden —« Sie hatte ein grau-braunes Couvert vom Tische genommen, es zitterte leicht in ihrer Hand.

Iversen's Zorn war verfolgen; das gute Frauchen, das sich so genierte, weil ein anderer es grob angefahren hatte, that ihm leid.

»So werde ich eben nicht wieder spielen«, sagte er gelassen.

In das Gesicht der kleinen Dame kam ein fast erschrockener Ausdruck.

»O nein!« rief sie eifrig, »das wäre zu schade. Es ist mir zwar recht von Herzen leid, Sie wieder zu verlieren, aber ich darf Ihnen keine solche Freiheitsbeschränkungen zumuthen. Wenn ich nicht selber seit dreißig Jahren hier wohnte —« Sie schlug leicht mit dem groben Couvert auf den Tisch, ihre Lippen zitterten vor Erregung.

»Sie wollen mich also wieder los sein?« fragte Iversen mit schalkhaftem Vorwurf, er wollte sie zum Lachen bringen; Himmel, wer wird sich denn gleich um solche Kleinigkeit alterieren! Und schließlich, eine andere Bude war ja leicht zu finden, wenn er die ewige »Umorgelei« auch verabscheute.

Die Frau Doktorin sah den Studenten mit ihren großen hellgrauen Augen an. »Nein, das glauben sie nicht«, sagte Sie und streckte das Händchen aus, ein weißes rundes, gar nicht altes Händchen, das er vorsichtig wie ein Spielzeug drückte. »Der Herr Hasenfratz, ja denken Sie nur, Hasenfratz heißt er, ist erst seit sechs Monaten unser Hausherr, wenn er's aber so weiter treibt —«

Wieder mußte Iversen beschwichtigen. Die Tage all' dieser Leute waren gezählt, so etwas würde ja im Zukunftsstaat nicht mehr möglich sein; man konnte Geduld haben und abwarten. Inzwischen versprach er, nicht länger als bis zehn Uhr zu spielen. »Ich bin ja kein Künstler; oft vergehen Monate, ohne daß ich die Geige hernehme, es war der reinste Zufall, aber — ich bin nun gleich beim ersten Spintbrot zugelehrt worden, wie wir in Mecklenburg sagen.« Er konnte sehr geduldig sein, wenn er eben in der Laune war, und dann wäre es ja geradezu ein Verbrechen gewesen, diese arme alte Dame, die ihm gar von einer bekannten Familie sprach, wo er wohnen und gewiß unbehelligt wohnen könne, unritterlich zu behandeln. Eine wohlthuende Atmosphäre verbreitete sie um sich; er kam sich vor wie zu Hause und war doch nie vorher in ihrem Zimmer gewesen; er wunderte sich, wie ein so schüchternes weltfremdes Wesen sein Dasein zu behaupten vermochte in dieser rauhen gährenden Zeit, und zugleich war ihm dies alles so bekannt wie ein altes Buch, das er als Kind gelesen. Sogar das Bild überm Clavier glaubte er schon einmal gesehen zu haben. Dies elfenhafte Geschöpf mit dem bläulichen Bande in den Locken, an eine Harfe gelehnt, eine Hand auf den goldschimmernden Saiten, ruhig hinausträumend.

»Das ist hübsch«, sagte er und blieb vor der großen Leinwand stehen. »Ist es ein Porträt?«

Die kleine Dame nickte ein wenig verschämt. »Es ist Dilettantenarbeit, mein Schwiegervater hat es gemalt, und aus Pietät für ihn lasse ich es da hängen. Ich habe, glaub' ich, nie so ausgesehen«, fügte sie mit gutmüthiger Selbstironie hinzu, »man hängt ja sonst auch nicht die eigenen Bilder sich ins Zimmer.«

Iversen warf einen überraschten Seitenblick auf das schwarz gekleidete Figürchen neben sich. »Es ist noch heute eine gewisse Ähnlichkeit«, meinte er freundlich, »die Augen und sogar der ganze Ausdruck; wie lang ist das nun her?«

»Vierzig Jahre!« Und als sie bemerkte, daß ihm vor der hohen Zahl unwillkürlich schauderte, sagte sie mit einem leisen Seufzer: »O weh, wie sind verschwunden alle meine Jahr'! Ist mir mein Leben geträumet, oder ist es wahr?«

»Ja, der Vogelweider hat es auch erfahren«, fiel Iversen ein, »aber Sie können wirklich zufrieden sein, verehrte Frau – ach du lieber Gott, wo wird unsereins nach vierzig Jahren sein, und wie wird er aussehen!« Er schüttelte sich lachend. Dann sah er noch einmal auf das Bild. »Und die Harfe ist nur Decoration, oder –«

»Nein, ich habe ziemlich viel gespielt –«

»Spielen Sie noch?« fiel Iversen ein. »O, das müssen Sie mich, bitte, einmal hören lassen, das interessiert mich.« Was für Antiquitäten in diesem Hause stecken, dachte er sich, wer weiß, am Ende besitzt auch der Herr Hasenfratz noch andere Talente als die gestern producirten.

Sie schieden ganz heiter wie gute Freunde. Abends ward ein schwerer Gegenstand auf dem Flur entlang geschoben.

»Kann ich Ihnen helfen?« sagte der Student, der das Rasseln vor seiner Thür schneller zu beendigen wünschte.

Die kleine Doktorin erröthete ein bißchen. »Ich dachte, Sie seien ausgegangen. Wir haben die Harfe ausgepackt; es war auch Zeit, einmal danach zu sehen, sie ist schon ein wenig eingerostet.« Bedauernd beugte sie den grauen Kopf über die einst so glänzenden Saiten.

Iversen erzählte sein Abenteuer mit Herrn Hasenfratz. Er hatte inzwischen die weiteren Gründe seines Mißfallens an Chopin erfahren und gab nun an der Mittagstafel zum besten, wie der edle Herr und Hausbesitzer Abend für Abend um neun Uhr über seinem Wein und der Züricher Zeitung einschlafe, um Mitternacht oder eine Stunde später erwache und dann dringend einer Erfrischung benöthigte, aber einer herzhaften. Seine Gattin sei somit verbunden, nächtlicher Weile aus dem Bette aufzustehen, Feuer anzuzünden und dem Hungerleidenden ein »Güggeli« zu braten, denn kalte Speise vertrage sein Magen zu dieser Stunde absolut nicht.

»Und in solch einem Hause lebt der Mensch!« hieß es entrüstet, »das läßt er sich gefallen, mit seinen Principien!«

»Nun, wenn der Herr Hasenfratz seine Frau mißhandeln will, was geht das mich an?« lachte Iversen. »Laßt doch die Todten ihre Todten begraben; ich finde nur, der Kerl ist mal wieder ein interessanter Typus, und auf der anderen Seite dieser Sclavensinn der Frau, die so etwas ganz selbstverständlich findet.«

Es gab längere Debatte. War das angeborene oder angezogene Unterwürfigkeit, diese Unterordnung der Frauen unter Manneswillen? Anerzogen, ohne Frage, oder vielmehr angeprügelt, um es klarer zu sagen; hier galt mehr als irgendwo die große Faust, der große Ellenbogen, der Bauernschuh.

»Aber eine gute Eigenschaft besitzt dein Hausherr doch! Wetten?« rief ein blutjunger Tischgenosse, der an dem Wortgefecht keinen Anteil genommen. »Er hat eine hübsche Tochter, vielleicht sogar mehrere.«

»Oder deine Wirthin hat sie«, sagte ein anderer.

»Die Frau Doktorin Röslin, bei der ich wohne, hat, soviel ich weiß, kein Kinder.« Iversen zündete mit kühler Miene seine Cigarrette an.

»Ach, bei einer Frau Doktorin wohnt er! Studiengenossin vielleicht? Eine gebildete Frau? Wie alt ist sie, so beiläufig?«

»Zwischen fünfzig und sechzig«, sagte Iversen und klopfte gemächlich die Asche ab.

Es gab ein allgemeines Zurückfahren. Brr! da hört das Fragen auf! Oder ist sie Millionärin und will dich adoptieren?«

»Ihr seid doch furchtbar fad«, sagte Iversen verächtlich. »Wollen wir von etwas anderem sprechen?«

Am nächsten Tage aber ward er mit lebhaften Zurufen von seiner Tischgesellschaft empfangen.

»Also! weißt du, bei wem du wohnst? Weißt du, wie die Frau Doktorin Röslin von den Leuten genannt wird?«

»Ach, das ist mir doch gleichgiltig!« sagte Iversen. »Die Frau möcht' ich sehen, über die ihr nicht etwas zu klatschen wüßtet!« Er begann zu essen, während das Lachen noch lauter wurde.

»Eine alte freundliche Frau, die keinem Menschen etwas zu leide thut; heute morgen um halb sieben, als ich zum Baden ausging, sah ich sie schon ganz drunten in der Stadt an einem Glockenzug hängen. Immer hat sie Leute zu besuchen, mit denen sie weinen oder sich freuen will. Besonders Mitfreude scheint ihre Specialität zu sein. Fortwährend hat sie Verlobungssträuße und Brautkränze zu binden.«

Nun brach der Lärm erst recht los. Iversen saß betroffen da über das Lachen, das er entfesselt. »Es ist richtig! Sie ist es. Eben darum! Die ewige Braut! Ja, ja, so heißt sie. Und bei der wohnst du!«

»Wahrscheinlich ist es erst noch gar nicht dieselbe«, sagte Iversen mit entschiedener Gelassenheit; »die Doktorin Röslin, bei der ich wohne, hat nichts Lächerliches.«

»Aber die ewige Braut heißt sie doch.«

»Unsinn, sie war verheiratet, ist jetzt wohl schon lange Wittwe, wenigstens sprach sie von ihrem Schwiegervater.«

»Nein, sie war nie verheiratet, sie war nur dreißig Jahre lang verlobt.«

Ein unermeßliches Gelächter erhob sich. Ein kleiner dicker Neunzehnjähriger mußte sich die Thränen abwischen.

»Der Iversen! der Iversen!« gluckte er krampfhaft.

»Aber mit welchem Recht nennt sie sich denn Frau? der Titel kommt ihr doch nicht zu?« meinte ein vorsichtiger Jurist.

»Ja, es gab dann zuletzt noch eine Nottaufe, wollt' ich sagen Nottrauung; als der ewige Bräutigam auf dem Sterbebett war, glaub' ich. Aber er war schon ganz blöd und stumpf.«

»Natürlich! sonst hätte er sich wohl gedrückt«, hieß es.

Iversen erboste sich. »Herrgott, dies öde Gewitzel! Erstens ist die Geschichte sicher nicht war. Und zweitens scheint sie mir nicht gerade zum Lachen. Diese endlosen Verlobungen sind ja eine der vielen verrückten traurigen Erscheinungen unserer socialen Verhältnisse. Wahrscheinlich so ein armer Kandidat der Theologie, vielleicht Freidenker und deshalb mißliebig geworden, auf der anderen Seite ein mittelloses, aber gebildetes Mädchen –«

»Aha, Iversen dichtet schon!« unterbrach der Neunzehnjährige.

»Also, stimmt nicht! die Röslins sind häbige Leute«, bemerkte jemand.

»Und warum hätten sie dann mit der Trauung gewartet, bis es nur noch eine Farce war, die sie dem Tode vorspielten?« fuhr Iversen auf.

»Er war krank, höre ich, epileptisch, der Doktor Röslin, und der Arzt hat ihm's Heirathen verboten.«

»Endlich einmal ein vernünftiger Arzt«, murmelte einer, dann schwiegen alle eine Weile.

»Jetzt schaut's doch es bitzli anders aus mit der ewigen Braut«, meinte einer der lebhaftesten Lacher von vorhin.

Iversen schüttelte nachdenklich den Kopf.

»Eine Tollheit bleibt es doch und fast ein Verbrechen. Sich an einen lebendig Todten ketten für lebenslang – wahnsinniger, naturwidriger Altruismus!

Es macht mich wüthend, nur so etwas zu hören. Ihr habt sie mir ganz verleidet! Wenn ich die Alte jetzt anschaue, immer werd' ich an den epileptischen Bräutigam denken müssen. Da muß man's doch wirklich glauben, daß die Weiber nur so zu Anhängseln bestimmt sind. Bis wir die Rasse verbessern –«

Als er am Abend der Wirthin auf der Treppe begegnete, sprang er mit einem kurzen, undeutlich gemurmelten Gruß an ihr vorüber. Er bemerkte nicht, daß die Frau ihm mit verwundert-besorgten Blicken folgte.

Am nächsten Tage hatte er die ganze Sache schon wieder vergessen, oder wenigstens aus dem Gedächtniß geschoben. Es gab eine wichtige Versammlung, ein bekannter und berühmter »Genosse« sollte sprechen, und Iversen rüstete sich beizeiten auf eine Erwiderung. Alle diese alten und älteren Herren waren schließlich retardierende Elemente, und er hielt es für seine Pflicht, sie im Namen der Tugend zu bekämpfen. Eine Oppositionspartei, die aufhört, Opposition zu machen, hört eben auf zu sein. Heiter und gespannt, »im vollen Turgor«, wie er sich schon lange nicht gefühlt, verließ er das Haus, um ins Versammlungslokal zu gehen. In solchem Geisteszustand sollte man immer sein! Man weiß doch dann, daß man lebt. Er war heute nothwendig, denn kein anderer würde sagen, was er zu sagen hätte.

Leider lief es nicht so ab, wie er gewünscht. Der berühmte Redner hatte den allgemeinen Beifall, obgleich er nur Bekanntes sagte. Seine Rede dauerte einige Stunden. Die Diskussion begann auf einer anderen Stelle, als der von Iversen vorausgesetzten. Als er zu Wort kam, war die Zeit derartig vorgeschritten, daß er mit Schlußrufen unterbrochen ward, eh' er recht angefangen. An der Glasthür standen ein paar Hausknechte mir aufgekrempten Ärmeln; sie beförderten an die Luft, wer nicht freiwillig ging; dies Publikum, das mehr Sodawasser als Bier trank, imponierte ihnen nicht im mindesten. Iversen sprach noch, während diese Räumung des Saales erfolgte. Er sprach gut, und er wünschte, seine Mutter möchte ihn hören! Sie würde ihm natürlich nicht zugestimmt, aber sie würde Respekt vor ihm bekommen haben. Er sah mehr Rücken vor sich als Gesichter; einerlei, sie konnten auch so hören. Plötzlich bemerkte er gar nicht fern von der Tribüne ein paar aufmerksam auf ihn gerichtete Augen. Im selben Blick erkannte er den zurückgelegten Kopf, die schwarze Gestalt seiner Wirthin. Sie hörte voll Anteil, kümmerte sich nicht um den Aufbruch um sie herum. Ihr feines helles Gesichtchen im Rahmen der lose geknüpften schwarzen Hutbänder war durchleuchtet von Leben und Interesse. Iversen amüsierte sich, auch über sich selbst, daß er sich unwillkürlich geschmeichelt fühlte. Was nun wohl das Altchen davon versteht!

Ist das nicht spaßhafte Marotte? Als er fertig war, sprang er mit blitzenden Augen von der Tribüne. Ein paar Beifallsrufe wurden hörbar, aber darauf kam es ihm nicht an, er hatte sich von der Seele gesprochen, was ihn beschäftigte. Er war sogleich umringt von den Bekannten, die ihm Glück wünschten. Im Gedränge vorwärts und dem Ausgang zuschreitend, befand er sich plötzlich neben seiner Wirthin. Er streifte sie und zog den Hut: »Sie hier, Frau Doktorin?« Ja, wie kommen Sie denn nun nach Hause?«

»O, ich habe die Kathi mit. Es thut sich schon.«

Iversen war sehr erleichtert, als er die breite Magd hinter ihrer Herrin entdeckte, sie bewegte die in einem ehrwürdigen Umhang eingewickelten Arme wie ein Paar schützende Flügel. Auf ihrem verschlafenen Gesicht erschien ein entschlossener Ausdruck, der Ausdruck einer Schildwache, die man anruft, sowie ihre Frau ihren Namen nannte.

»Kommen Sie gut heim«, winkte Iversen, dann schlug er sich seitwärts. Zum Glück hatte niemand die wenigen Worte gehört, war niemand auf die unscheinbare Person aufmerksam geworden. Mit alten Frauen mag doch gewiß kein Mann geneckt werden, selbst nicht von den ödesten Gesellen, und in dieser Doktorin wollte man nun durchaus etwas Lächerliches finden.

»Nun, wie hat es Ihnen gestern Abend gefallen?« fragte er sie den anderen Tag.

Sie zögerte sich mit der Antwort, erröthend wie ein junges Mädchen.

»Ich war sehr erschrocken und bin es noch. Ich wußte gar nicht, daß es so traurig in der Welt aussieht, man begreift nicht, wo das einmal hinaus soll; der erste Redner hat das so düster hingestellt – ich war recht froh, als dann die jungen Leute kamen – ich hoffte so bei mir, nun die werden doch noch etwas Rechtes ausdenken, daß es nicht weiter geht –«

»Ja, wenn wir nur die Rechten dazu sind«, meinte Iversen mit einem halben Seufzer, »wenn es nur wirklich weiter geht!«

»O gewiß!« rief die Frau, und es kam ein stilles Leuchten in ihre Augen, das sich allmählich über all ihre Züge verbreitete; »immer aufwärts, den Glauben geben wir nicht auf! Und das ist ja auch der Sinn Ihrer Lehre, wenn ich gestern recht verstanden habe. Wir sehen nie das Ganze, weil wir kurzsichtige Geschöpfe sind. Das sind alles Etappen; man kann nicht allem zustimmen, aber die Hauptsache ist, daß wir uns nicht zufrieden geben!« Sie brach ab und lächelte. »Ich möcht es wohl erleben, wie Sie die Welt umkrempeln«, sagte sie lebhaft.

»Ach wir! Ich fürchte, wir werden garnichts umkrempeln. Vielleicht unsere Kinder.« Iversen wurde immer skeptisch, sobald der andere zuversichtlich ward. »Übrigens, Sie haben recht, das Erreichte — was liegt daran? Der Wille zu erreichen, auf den kommt es an.«

»Nein, am Erreichen liegt nichts.« Sie versank in Gedanken.

Abends im Theater sah Iversen das Anneli wieder. Es saß sittsam neben der Großmutter, auf seiner anderen Seite ein graubärtiger untersetzter Herr, der ihnen bekannt zu sein schien, denn er sprach über das Mädchen hinweg zu der Alten. Anneli klappte mit einer gewissen stilisiert mädchenhaften Miene den Fächer auf und zu und schien Taube Ohren zu machen, weil man es von ihr verlangte. Es hatte einen scharfen Zug um den Mund bekommen, übrigens sah es sehr hübsch aus, ein breiter Spitzenkragen über einem graublauen Kleide stand gut zu dem hellblonden gekräuselten Haar. Iversen horchte auf sein Herz, aber es gab keinen lauteren Schlag. Die da sehen aus wie die verkörperte Langeweile, dachte er. Anneli, das ist die hübsche Langeweile, die Großmutter ist die medisante Langeweile (übrigens hat das Mädchen diesen Zug von ihr geerbt, und er wird bald all ihre sonstige Lieblichkeit aufgezogen haben), der Graubart ist die lüsterne Langeweile, denn daß er das Mädchen anredet, wenn er mit der Alten spricht, ist nur zu deutlich. Und in dies Geschöpfchen hab' ich einmal Himmel und Erde hineingelegt, und ihr Lächeln war mein Paradies.

Der Vorhang fiel, die Operngläser richteten sich in den Zuschauerraum. Plötzlich trafen sich seine Blicke mit denen Anneli's durch den Operngucker. Sie ließ den ihren sogleich sinken, wurde feuerroth, verwirrte sich und sank auf ihren Platz zurück. Dem Studenten wurde eigenthümlich zu Muthe.

Schwelte doch etwas in jenem winzigen Vogelherzchen? Er verließ sie nicht mit den Augen, er wollte sehen, herausfinden. Allerdings war sie ihm gleichgiltig, aber doch nicht so gleichgiltig wie das Stück, das man dort spielte. Das Schauspiel der Verwirrung auf jenem niedlichen Gesichtchen war jedenfalls für ihn allein berechnet. Es dauerte einen halben Act lang, aber endlich ward ihm sein Lohn, sie blickte ihn noch einmal an. Diesmal also nicht zufällig, sondern voll Absicht. Mit einem kurzen, fragenden, zündenden

Blick. Und ein kleines winziges Fünkchen flog doch aus dem blauen Auge zu ihm herüber und stöberte nach einer noch so kleinen Kohle, an der es sich festsetzen könne. Lieber Gott, so kleine herrenlose Kohlen sind immer da, auch in dem allerausgebranntesten Herzen. Iversen fühlte mit Vergnügen, daß ihm etwas wärmer wurde. Und es war ja so ungefährlich, jetzt, wo er sie durchschaute, wo er sie nach Gebühr werthete. Sie wurden nicht müde, herüber und hinüber zu blicken. Zuweilen machte er eine unauffällige Bewegung, die ihnen früher etwas bedeutet hatte. Sie kannte sie noch, verstand sie noch, er hatte doch tiefere Spuren hinterlassen, daß ließ sie merken.

Auch daß sie irgend etwas drücke, quäle. Ihre Treulosigkeit wahrscheinlich! Nun, das ist keine Todsünde, er wollte nicht den Ungerechten spielen, der nur immer die Männer weiß wusch. Sie machte ihm ein Zeichen. Im Foyer? Ja im Foyer! Hastig schob er sein Glas ein; wenn sie vielleicht abbitten wollte – Er ging in einiger Aufregung durch den kleinen eleganten Saal, öffnete ein Fenster und ließ den weichen duftenden Nachthauch über sein Gesicht spielen. Dann, ganz zwanglos, trat er auf die Großmutter zu, die sich bereits in einem Ecksopha niedergelassen. Anneli stand seitwärts, der Graubart brachte mit Mühe ein Glas Limonade herbei, er schwitzte weidlich bei seinem Ritterdienst.

Großmutter war nicht sehr gnädig: »So, so, der Herr Iversen. Sie haben sich lange nicht bei uns sehen lassen?«

Der junge Mann verzog das Gesicht, als habe er auf eine saure Zitrone gebissen. Er hatte diese harte Kehlstimme mit ihrem gezierten unnatürlichen Hochdeutsch immer nur schwer ertragen, und es war wirklich lange her, daß er sie nicht mehr gehört hatte.

Während er eine Entschuldigung murmelte, strich Anneli wie ein schnurrendes Kätzchen an seinem Rockärmel vorbei, sagte in seinem Rücken: »Es ist jetzt immer so arg langweilig bei uns, wollen Sie mir nicht noch dieses eine Mal verzeihen?« Der bittende Ton berührte ihn tief; überrascht sah er sie von der Seite an, da schien es von tausend Schelmereien um ihren Mund zu zucken, die Augen waren halb geschlossen.

»Ah, Fräulein Anneli!« machte er. Als ob er sie erst eben bemerke, und wendete sich nach ihr um. Sie machte die Komödie mit, reichte unbefangen die Hand, und indem sie einige Schritte seitwärts that, waren sie so gut wie allein in dem Menschenhaufen. »Man weiß nie, ob Sie im Scherz oder im Ernst reden«, sagte Iversen mit unschlüssiger Betonung.

Sie deutete mit dem Fächer nach dem Eckdivan. »Wenn Sie wüßten, wie ernsthaft ich es meine! Sehen Sie den alten Herrn dort? Denken Sie sich, ich habe unglücklicherweise zu ihm gesagt, er sei mein einziger und wahrer Freund, und nun geht er uns auf dem Nacken und lauert wie ein Hündli auf einen guten Brocken.«

Ganz weinerlich hatte sie begonnen, sogar mit feuchten Augen die erste Betheuerung gesprochen, allmählich aber gewann der Muthwille die Oberhand, und sie lachte in ihren Fächer hinein.

»Und das war es, was Sie mir mitteilen wollten?« sagte der junge Mann im Präceptorton und sah kühl über sie hinweg.

Schweigend und langsam erröthend spazierte sie neben ihm hin.

Zuletzt glaubte er, der mit gespannten Ohren lauschte, etwas von »wieder gut sein« flüstern zu hören. Aber es rührte ihn wenig. »Wozu?« fragte er herb, »Sie haben beständig Lust zu lachen, und ich habe keine Lust zu lachen! Wir verstehen uns nicht, und meine Zeit ist mir zu werthvoll, um sie damit auszufüllen, daß ich Ihnen die Ihrige vertreibe.« Mit Befriedigung bemerkte er, daß sie wieder nasse Augen bekam. Er wurde immer grausamer. »Und übrigens, was nützt mir Ihre Güte? Sie wissen, oder können sich's denken, daß ich noch nicht heirathen kann. Vielleicht in zehn Jahren, eher nicht. Also! Und was es sonst noch so gibt, zwischen einem Mann und einem Weibe geben kann, geben könnte, das gibt es für Sie, Fräulein, keinenfalls. Dazu gehört Muth, und wie käme ein« – er stockte – »eine gebildete junge Dame der heutigen guten Gesellschaft zu solchem Muth.« Er warf ihr einen heftig forschenden Blick zu, sie hatte tief den Kopf gesenkt und schien wie erstarrt in jeder Bewegung. Die Glocke zum Wiederbeginn der Scene ertönte. »Leben Sie wohl und machen Sie sich nach jeder Richtung hin Vergnügen«, fuhr er sarkastisch fort, »es war nur ein flüchtiger Irrthum von Ihnen, daß Sie meiner dazu bedürften.« Er verbeugte sich leicht und trat von ihr weg. Mag sie sich allein zu ihrer Gesellschaft zurückfinden, dachte er, ganz berauscht von Rachsucht; einmal mußt' ich ihr's doch sagen, wie ich von dieser Spielerei denke. Jetzt sind wir auseinander und zwar gründlich und auf immer.

Er kehrte nicht auf seinen Platz zurück, ihr Gesicht sollte ihn nicht wieder irre machen. Stolz, als ob er mit einem Löwen gekämpft habe und Sieger geblieben sei, verließ er das Schauspielhaus. Den stillen Wunsch, der ihm immer dazwischen reden wollte, den Wunsch nach ihrer jungen Schönheit, brachte er damit kaum zum Schweigen, aber das ging ja nur ihn allein an, sie hatte er rauh abgefertigt, wie sie's verdiente. Er redete sich ein, dies unwiderrufliche Ende sie genau, was er gewollt, geplant, selbst herbeigeführt habe. Es fehlte noch, daß man sich in Gedanken und Stimmungen von solch einem abhängigen Geschöpfchen abhängig machte! Freilich, langweilig war es ohne diese Geschöpfchen, aber er hatte ja nun auch genug freie Bahn vor sich. »Und mein Herz, was dir gefällt, alles, alles darfst du lieben!« Das tröstete immer; ausgiebigen Gebrauch wollte er von dieser Erlaubniß machen. Etwas wie die Vision einer reizenden Nachbarin schwebte ihm vor, ein nähendes anmuthiges Figürchen zwischen dürftigen weißen Vorhängen, ein schön geschwungener Nacken unter schwarzem Haarknoten, die mußte er doch näher ins Auge fassen. Es war wie der Duft der vielen ungesehenen Blumen, der ihn auf seinem langen Heimwege begleitete. Hier mußten Magnolien, hier Narzissen, hier Goldlack blühen, und dann wieder tauchte er unter in ganze Wolken von Apfelblütenbalsam und Syringendüften. Man hat die Auswahl! Die Blume Anneli war für ihn abgeblüht, aber was bedeutete eine Blume? Es war noch lange Frühling, er war noch jung.

Alles war still und dunkel in dem großen Hause, das er mit einem großen Schlüssel aufschloß. Nur die Angorakatze aus dem Erdgeschosse sprang mit lautem Miauen gegen ihn, dann auf die Straße, von woher verwandte Stimmen sie kläglich-zärtlich zu rufen schienen. Iversen lachte, wie sie den schönen Schweif aufgeregt um die Hinterbeine tanzen ließ, sie, die sonst ehrbar mit niedergeschlagenen Augen ihre stattliche Schleppe wie eine große Dame hinter sich herzog. Aus den großen Gartenbäumen jenseits der Mauer kam ein verträumter Amselruf. Der Mond schien durch die farbigen Treppenfenster, ein geisterhaft beleuchteter Kopf schwamm oben auf der verräucherten Tafel des alten Ölbildes. Alles was jung, von Frühlingsart, voll Leben war, wachte in dieser Nacht; der Student trat leise auf, sprang die Treppen im Fluge hinan: »daß wir nicht wecken, die nicht dazu gehören.« Wie hart und ungeschickt der zwölfmalige Kuckucksruf hinter Herrn Hasenfratz's Thür! Das sah dem Grobian ähnlich, daß er auch grobstimmige Uhren hatte! Ach so, jetzt wachte der Patron auf, dehnte sich, streckte sich in seinem krachenden Lehnstuhl, schob die raschelnde Zeitung von seinem feisten Bauch, auf dem sie wie auf einem Tisch geruht und rief die Frau. Nein, er wollte nicht hören, was der rief, es war zu stillos an diesem Maiabend. In seinem Zimmer wollte er horchen — drang nur ein Laut von diesem Hottentottenkerl in seine Einsamkeit, so stahl er sich sofort wieder von dannen. Zu schlafen war ohnehin nicht in solcher Nacht.

Ein starker Syringenduft schlug ihm entgegen, als er die Stubenthür öffnete. Kam das vom Garten drüben? Nein, es war ja hier drinnen, ein Strauß auf dem Tisch, ein voller Strauß, vom Monde gestreift und hier auf ihn wartend in der Stille. Er hatte doch nicht etwa die Thür verfehlt? Hastig zündete er eine Kerze an. Nein, alles in Ordnung, nur der Blumenstrauß auf dem Tisch, so groß, daß er den Kopf hinein stecken konnte. Er that es, athmete in vollen Zügen mit offenen Lippen zwischen den Blüthenrispen, ganz verwundert und fragend, wer ihm diese Huld angethan haben könne.

Etwas fremdes streifte dabei seinen Mund, eine feste Kante, ein Blatt Papier. Er faßte es mit den Zähnen und zog es vorsichtig heraus. Wie denn? Was denn? Ein Liebesbrief? Von wem? Eine ihm bestimmte Überraschung? Eine Mystifikation ohne Zweifel. Er entfaltete das leicht zusammengelegte dünne Blättchen und fand vier Zeilen in großer, kräftiger, ihm unbekannter Schrift, die er beim flackernden Kerzenlicht zwei- oder dreimal las, lachend beiseite legte und wieder las:

»Dies brach für dich der zartsten Neigung Hand,
Der Fliederstrauß ist sel'ger Jugend Bild.
Nicht forschen sollst du, wer ihn dir gesandt,
Genug, wenn er mit Duft dein Zimmer fühlt.«

Keine Unterschrift, keine Anrede und, da das Blatt nur ineinander geschoben, nicht couvertirt worden, auch keine Adresse. Der Strauß mußte hier abgegeben, das Verschen absichtlich so tief zwischen die Zweige versteckt worden sein. Eigentlich war es ein Zufall, daß er es gefunden. Wie schade, daß es so spät war! Die Wirthin, die Magd mußten ihm erzählen, wie der Strauß hier hereingekommen. Vorausgesetzt, daß er überhaupt ihm bestimmt war! Konnte nicht eine Verwechselung stattgefunden haben? Etwa mit einem dennoch vorhandenen Fräulein Hasenfratz, das einen poetisch angehauchten Anbeter besaß? Es schien durchaus eine Männerhandschrift, gewandt, ausgeschrieben. Wer von seinen Bekannten schrieb doch so? Sollte nicht Hoffmann sich den Spaß erlaubt haben?

Der Strauß stand in einer großen altmodischen wassergefüllten Vase, die gute Doktorin hatte die Blumen nicht schmachten lassen wollen, das sah ihr ähnlich, aber ihn wandelte die Lust an, sie zum Fenster hinauszuwerfen, obgleich sie nun in der Lampenbeleuchtung einen zierlichen Schatten an die Zimmertäfelung warfen und etwas festliches über den ganzen Raum verbreiteten. Hoffmann war ihm unsympathisch. Er hatte eine so schafsgeduldige Miene und betrieb den Kommunismus bereits praktisch, während die anderen noch theoretisirten. Auf seiner Bude gab es beständig verlumpte, verhungerte Mitschläfer und Mitesser. Wer in Hoffmann's Nähe kam, wurde für diese »Genossen« unfehlbar angepumpt. Er selbst hatte seine Bedürfnisse auf das Geringste beschränkt. Aber er führte auch Reden wie: »Unbegreiflich, daß es Menschen gibt, die zwei Stuben haben, drei sogar! Denkt euch, drei Stuben hat dieser Maler, dieser – ich will ihn nicht nennen, denn ich möchte niemand aufhetzen. Er sagt, er brauche das zum Malen. Wenn er das Geld für all' den Luxus, Farben, Leinwand, was weiß ich, den Genossen zukommen ließe, wieviel mehr diente er der Menschheit als durch diese Bilder, diese Porträts, die ihm seine Zeit und sein Geld kosten.« Iversen hielt sich bei solchen Exkursen die Ohren zu. Auch das vermochte Hoffmann nicht zu kränken. »Wenn du wieder hören magst, sprech ich weiter«, sagte er gemütlich. Er hatte Zeiten, wo er Iversen geradezu belagerte. Der hatte schon einmal Blumen gebracht. Und als Iversen ihn kaltblütig fragte, ob er verrückt geworden sei, hatte der Mensch ungerührt sich vertheidigt: »Du glaubst doch nicht etwa, daß ich dieses hier, Tulpen, nicht war? daß ich sie gekauft habe? Nein, ich habe sie in Zahlung angenommen, der arme Gärtnerbursche, weißt du, der eine Zeit lang bei mir hauste und jetzt wieder in Stellung ist. Aber was soll ich mit solchem Zeug? Ich dachte gleich an dich. Für einen Ästhetiker und Gourmand wie du bist –«

Hätte man nur gewußt, ob wieder Hoffmann! Freilich das Verschen, und zu einem in »Zahlung genommenen« Strauß? Plötzlich ward es ihm sonnenklar: dies war einer von Anneli's Streichen! Wer weiß, ob sie die Blumen nicht in Verkleidung selber gebracht hatte! Der Gedanke an diese Möglichkeit, die er durch sein Ausgehen versäumt hatte, erregte seine Phantasie, sein Blut. Vor dem Theater vielleicht. Je abenteuerlicher, desto besser. Und hier, hier in seinem Zimmer wäre sie gewesen, hätte er sie empfangen, in die Arme schließen, küssen können! War es nicht das, was sie ihm im Foyer hatte sagen wollen, und seine Rauheit hatte das süße Bekenntniß in ihren Mund zurückgeschreckt? Er war rauh, mehr als das, er war roh gewesen! Ihr Erbeben und Erbleichen unter seinen grob zutappenden Reden – vorhin hatte er's für Komödie genommen, jetzt aus der Ferne rührte es ihn wie hülflose, gekränkte Liebe. Armes Kind! »Nicht forschen sollst du« – kleiner Schäker! Wie traurig sie sein würde, wenn er nicht forschte. Aber daß sie auch Verse machte, war ja eine ganz neue Entdeckung! Nun, so einen brachte er auch geschwind zusammen. Er suchte einen kleinen Briefbogen hervor, sann einen Augenblick lächelnd nach und schrieb dann:

»Du schenkst so viel, o holde Dame,
Und nimmst doch wieder halb zurück!
Entschleire dich! wie ist dein Name?
Nur die Gewißheit birgt das Glück.«

So, Anneli, jetzt wirst du nicht widerstehen können, wirst des Versteckspielens bald müde sein, dachte er. Und dann, und dann – er breitete die Arme aus und zog sie leer, kopfschüttelnd zurück. »Sie müßte dann eben eine ganz andere sein, als ich mir gedacht, eine viel freiere, weitere, reifere Kreatur – nein, zu einer selbstständigen That ist sie unfähig, und anders – anders will ich sie nicht haben! So ein erwürgtes Lamm auf meinem Weg – wie unbequem für alle Zukunft!«

Er hatte wunderliche Träume die Nacht.

Am andern Morgen befragte er die Magd. Sie wußte von nichts, war gestern Abend nicht daheim gewesen. »Die Frau wird's wissen.«

Ja, sie wußte es. Iversen bemerkte es sogleich, als sie auf dem Flur, vor ihrem Wandschrank stehend, das Gesicht mit schalkhaftem Lächeln wegwandte.

»Erzählen Sie mir ordentlich, wie sah die Person aus, die das für mich gebracht hat?«

Das Frauchen erröthete, wie immer, wenn sie lebhaft angeregt wurde. »Ich habe versprochen zu schweigen, bitte, fragen Sie mich nicht«, bat sie ängstlich.

Das blaue Hexchen hat die Güte und Milde hier auf der Stelle herausgespürt, dachte der Student; kein Zweifel, daß es Anneli ist.

»Sie müssen mich für einen rechten Gecken halten«, sagte er, »daß ich solche Geschenke bekomme.«

»O nein«, machte die Doktorin mit dem Kopf in ihrem Wandschrank. Er sah, daß sie auf keine Unterhaltung über die merkwürdige Geschichte zu bringen war. Die Weiber haben doch sonst ein Vergnügen am Klatschen, aber gerade, wenn man auch einmal Lust dazu hätte –

»Sagen Sie mir nur eins, beste Frau, ein Herr war es nicht?«

»Nein«, war die zögernde Antwort.

Iversen lachte vergnügt auf. »Und noch eine Frage: Sie wissen also, wer es war?«

Ein widerstrebendes »Ja« kam hinter der Schrankthür hervor.

»Sie sind die Diskretion selber«, sagte Iversen lächelnd, »darf ich Sie um einen Gefallen bitten? Ich möchte ein Briefchen befördert haben, weiß aber die Adresse nicht – man will doch danken, wenn man etwas bekommen hat«, setzte er entschuldigend hinzu. Und als sie nicht gleich antwortete, sondern mit sich zu kämpfen schien, lächelte er wieder: »Sie können es thun, ohne Ihr Gewissen zu belasten. Es ist etwas so unschuldiges, Sie müssen nämlich wissen, daß es sich im Grunde um einen verabredeten Scherz handelt – ich thue eigentlich nur, als ob ich nicht —« Ein überlegener, selbstbewußter Zug um die Lippen trat stärker hervor.

Das Gesicht der alten Dame war lauter helle Verwunderung. »In der That?« stammelte sie.

Iversen nickte mit halbzugekniffenen Augen. »Aber halten Sie mich für keinen schwarzen Heuchler deswegen!« rief er und sprang in sein Zimmer, um das verschlossene Couvert zu nehmen. »In Ihre freundlichen Hände befehle ich mein Schicksal! Also!«

Soll ich oder soll ich nicht? Die Frage stand deutlich auf den bedenklichen Gesicht der Frau.

»Aber ich bitte Sie«, rief Iversen, »würde ich denn eine Dame wie Sie zur Vertrauten machen, wenn die Sache nicht unschuldig wäre?«

Mit einem leisen Seufzer nahm sie das Briefchen an sich.

»Gefühl ist alles.

Name, Schall und Rauch,
Umnebelnd Himmelsgluth.«

Iversen las es und sprach es vor sich hin, als habe er's zum ersten Mal gehört. Es war der ganze Inhalt eines Briefchens, das er heute Nachmittag, verschlossen in ein weißes Couvert, auf seinem Tisch gefunden. Dieselbe große Handschrift wie das vorige Mal. Wenn es wirklich von Anneli herrührte, mußte sie einen männlichen Vertrauten haben, den sie an ihrer Statt schreiben ließ. Vielleicht hatte auch der ihr zu dieser Antwort gerathen. Anneli und ein Faustcitat, das ging auf geradem Wege schwerlich zusammen.

So viel ist sicher, bei dem ersten Blick auf diese Zeilen glaubte er nicht mehr, daß sie von ihr seien.

»Gefühl ist alles« — das Mädchen würde so nicht sprechen, auch nicht mit den Worten eines Anderen. Später besann er sich: Gerade das sah ihr ähnlich. Eine Maske, eine großartige, vor ihr Schelmengesicht binden und dann dahinter vorkichern: Ätsch! hab ich dich an der Nase geführt!« Oder war er so klein, so kurzsichtig, daß er des Mädchens eigentliche Seelentiefe nicht zu erkennen, zu beurteilen vermocht hatte? Auch möglich!

Wieder nahm er seine Zuflucht zu der Doktorin Röslin. Sie saß an ihrem Schreibtisch, die Fenster zu beiden Seiten ließen kaum mehr Licht ein, so üppig drängten die Kastanienzweige sich heran. »Sie haben hier eine ganz tropische Landschaft um sich herum«, er deutete auf die großen Fächerpalmen, die den Eckplatz umschatteten. Es war ihm unangenehm, gleich mit der Frage zu kommen, die sie schon einmal unbeantwortet gelassen. Er spürte jedoch in ihrem Benehmen sofort eine befangene Ängstlichkeit heraus, auch wechselte sie mehrmals die Farbe, als er sie ansah. Die Sache ist ihrem Zartgefühl noch peinlicher als mir, dachte er, es ist sicher, sie wittert etwas Unerlaubtes, und es wird ihr schwer, dazu die Hand zu bieten. Endlich fragte er doch. Sofort ward das feine, von kurzen grauen Locken umhangene Köpfchen ihm abgewendet.

»Ich bitte Sie herzlich, nicht in mich zu dringen. Ich habe feierlich Schweigen gelobt und –«

Iversen ließ einen Ton des Unmuths hören.

»Wer wird es groß sein?« murmelte die Frau, »irgend jemand, der Sie – gern hat.« Sie machte sich an ihren Papieren zu schaffen.

»Glauben Sie, daß das so häufig ist? Das ist ja das Seltenste, was es gibt!« rief der junge Mann, die Arme erhebend, »es regt mich auf und reizt mich, meine erste Vermuthung scheint nicht mehr zu stimmen – also keinen Ton dürfen Sie mir verrathen?«

»Nein, nein!« sagte sie hastig, fast flehend.

Er sah sie scharf und nachdenklich an. Die Sache schien sie fast persönlich anzugehen, sie hatte doch nicht etwa eine Nichte oder Verwandte, die sie ihm verkuppeln wollte? Ach, Unsinn, es war eine so edle Anmuth, ein so seiner Takt in ihren Worten, wie durfte man ihr eine so niedrige Absicht zutrauen?

»Sie wollten mir einmal Harfe vorspielen, das haben wir ganz vergessen!« sagte er in seinem einschmeichelndsten Ton.

Ein beruhigtes Lächeln kehrte auf ihre Lippen zurück. »Und Sie spielen mir dafür Geige?«

Nun war ein zutrauliches musikalisches Gespräch im Gange, die Kathi brachte den Thee, und Iversen nahm die Einladung, zu bleiben, ohne Umstände an. Spät erst kam er ins Café zu den Freunden.

»Wo bleibst du denn?« hieß es von allen Seiten, »wir öden uns schon einander an, nicht zum Aushalten.«

»Ich habe mich bei meiner Wirthin festgeschwatzt. Warum lacht ihr? Ich sage euch, man dankt manchmal Gott, wenn man ein gescheites Frauenzimmer findet. Es ist doch ein viel feineres Instrument als unsereins. Jetzt starrten sie mich mit offenem Munde an! Ja, ihr, das weiß ich wohl, seid zufrieden, wenn ihr nur immer Speck und Bohnen kriegt, und es ist ja auch ein nahrhaftes Futter. Aber ich –«

»Ja, ja, du bist ein Gourmand!« höhnte es in der Runde.

Iversen blickte herausfordernd um sich: »Freilich bin ich ein Gourmand, und ich rechne mir's noch zur Ehre! Das Feinste und Seltenste und Pikanteste für mich! Und übrigens, für wen wär' es denn da, wenn nicht für unsereins?«

»Na, daß aber die alten Weiber zu den Leckerbissen gehören, hab ich noch nicht gewußt!« schrie der Neunzehnjährige.

»Ihr habt eben ewig Hunger, ganz gemeinen gefräßigen Hunger, und den hab ich nicht.« Er blickte achselzuckend in sein Glas. »Der Kaffee ist schal wie euer Witz – kommt auf den Zürichberg, hier halt ich's nicht länger aus.«

Auf dem mondbeschienenen weglosen Wege, den sie dann einschlugen, besann er sich auf eine Antwort. Sie fiel ihm schwer. Besser vielleicht, das schelmische Mädchen bei der Großmutter aufsuchen? ihr zu verstehen geben, daß er gut wisse, woran er sei? Aber es that ihm leid um das Spiel, das dann auf einmal aus sei. Gerade Spiel hat man so selten, und der Teufel hole den Ernst, oder das, was die Philister darunter verstehen. Eine andere Art von Ernst aber besaß doch das Anneli ohne Frage nicht. Ernst machen hieß ihr so viel, wie heirathen, brr! Eine der lächerlichsten Handlungen begehen, deren ein moderner Mensch sich schuldig machen konnte. Nein Anneli.

Zu Hause dann schrieb er auf ein sorgfältig parfümirtes rosa Blättchen:

»Schelmische Rose!
So nenn ich dich mit keinem Menschennamen,
So nenn ich dich: die holde Namenlose

Roth Fingerhuth!
Und nicht ein Stäubchen mehr will ich begehren,
Als: Sei mir gut!

Blühende Ranken!
Und weil du nicht mich selber hast geladen,
So send ich dir die zärtlichsten Gedanken.

Duftende Beeren!
Nicht immer bin ich sanft und zahm wie heute,
Doch immer weiß ich zarten Sinn zu ehren.

Syringenstrauß!
Sitzt nicht am End' der Welt ein feines Weiblein
Und lacht mich aus?

Darauf wird sie doch auch ein bißchen zu kichern anfangen, und dann hab ich sie. Und viel werther und süßer fand er sie wieder, als er sie damals verlassen. Die Beschäftigung mit ihr wärmte ihm das Herz; er hatte Mühe, den gewissen blasirten dekadenten Zug, der zum Zeitkostüm gehörte und den er sonst sehr gut herausbrachte, im Kreise der Bekannten festzuhalten.

Schon fielen Bemerkungen; seine Photographie, die in den Tagen von einem Amateur gemacht ward, sah »gar nicht aus wie die eines modernen Menschen«, viel zu wach und lebensfroh! »Zu wenig Nachtcaféstimmung im Gesicht«, hieß es. Iversen zuckte die Achseln. Und wenn es ihm morgen einfiel, sich als dionysisch heiterer Übermensch frei nach Nietzsche zu proklamieren, so mußten die guten Leute auch zufrieden sein!

Einige Tage mußte er auf Antwort warten. Dann stand eines Abends ein neuer Strauß auf seinem Tische; der scharfe, feine Duft der Maiglöckchen empfing ihn, ein Briefchen stak zwischen den Blumen. Darauf die Verse:

»Wie ist's nur gekommen, so still über Nacht?
Ach, ist denn noch einmal der Frühling erwacht?

Maidüfte wehn lockend ins Fenster herein,
Die Sonne winkt schmeichelnd mit Goldfingerlein.

Es summt mir im Kopfe von Lenzmelodien,
Es webt um die Stirne sich thaufrisches Grün,
Vergangene Tage, sie kehren zurück –
O, einmal noch Jugend, o , einmal noch Glück!«

»Das ist doch sonderbar! Das kann doch nimmermehr das Anneli sein!«

Die große Handschrift sah fast ungeschickt auf dem kleinen Briefbogen aus – wieder kam ihm der Verdacht, ein Mann sei der Absender. Ein widerwärtiger Gedanke, der auch nicht standhielt. Schon dieser reizende, von Farnblättern und Venushaar umbundene Strauß widersprach. Wer also? Es wurde ihm bei seiner Grübelei zu Muthe wie dem Hans im Märchen, der einen Wunsch frei hat. Die Schönste alsdann? Die Klügste, Heiterste? Er schüttelte heimlich den Kopf: Nur mich lieb haben, weiter ist alles eins. Aber freilich, die das geschrieben – scheint mir gut zu sein, und daß sie klug und lieb und heiter ist –

Dann wieder schien es doch so wenig! Zu wenig für den Ernst. Wie kann man nur so genügsam sein! Sie kannte ihn wenigstens, aber er war sehr im Nachteil. So gar nichts Greifbares, nicht der kleinste Anhalt. Es war ein offenbares Ausweichen, Abgleiten da! Das erinnerte wieder an das übermüthige Mädchen. Aber es war ein prosaischer Übermuth, eine Unfähigkeit, sich selbst zu bändigen, in Anneli – das hatte ihm schon manchmal zu denken gegeben. Eine gewisse Derbheit der Empfindung, und hier – das gerade Gegenteil! Die Bekanntinnen seiner Bekannten, die Studentinnen, mit denen er verkehrte – bah! auch nicht eine darunter, der diese Verse zu Gesicht gestanden hätten. Die hübsche Nachbarin am Dachfenster fiel ihm ein – der mußte er doch einmal nachfragen, das war so ein poetisches Figürchen, — ein bißchen schwärmerisch und verträumt — das muß die Handarbeit so mit sich bringen.

Inzwischen gab er seinen Wünschen Ausdruck.

Er schrieb:

»Was nennst du Glück? den wesenlosen Traum?
Ich weiß nicht einmal, ob du wirklich lebst!
Ein Schmetterling ist körperhaft, doch du
Bist nur sein Schatten, seines Schattens Schatten.

Sieh, das Geheimniß lockt und reizt und quält
Und quält und reizt, bis man es müde wird!
Was treibt dich, mir so lieblich zu begegnen?
Was treibt dich, mir so scheu sich zu verbergen?

Weißt du wohl selber, was dich zu mir drängt?
Sprich, kennst du mich? und bin's auch wirklich ich,
Zu dem die zarte Blumenlippe flüstert?
Was wäre ich dir, der Fremde einer Fremden,
Wo sich so wenig, ach, die Nächsten sind?«

Mit dem gewöhnlichen Zaudern übernahm seine Hauswirthin die Besorgung.

»Sind Sie sicher, daß immer eine Antwort erwartet wird?« meinte sie, »mir schien —«

»O, wir haben es mit einem sehr klugen Wesen zu thun«, fiel er lebhaft ein, »scheinbar ganz klar wie Wasser, aber auf den Grund sieht man weniger denn je; ich bin überzeugt, daß auch Sie von ihr getäuscht werden.«

In einem Lädchen der Nachbarschaft, wo er seine Zwickerschnur kaufte, machte er unerwartet die Bekanntschaft der hübschen Erscheinung aus der Mansarde. Sie sprach mit großer Zungengewandtheit in dem munteren anheimelnden Dialekt der Steirer von ihrem Mann und ihrem herzigen »Bubn«, die bei der Großmutter waren und nun bald heimkommen sollten. Sie hatte nicht wegkönnen wegen der vielen Saisonarbeit. Ein allerliebstes Frauchen, dessen braune Augen lustig herumfuhren, auch über Iversen hin, der sich ein wenig gewaltsam ins Gespräch gemischt hatte. Mit großer Unbefangenheit brachte sie ein paar Sprachschnitzer vor und erörterte die Verhältnisse ihrer Wirthsleute, bei denen es des Tages viermal Zank und nur zweimal zu essen gäbe; sie zählte die am häufigsten fallenden Schimpfwörter an den Fingern her und meinte, das sei allemal das erste, was sie sich merke an einem neuen Ort. Sie thue es nicht mit Absicht, aber es bleibe halt hängen, ganz wie bei ihrem Buben, dessen erstes Wort nicht Mama oder Papa gelautet habe, sondern : »dummi Chaibe.«

Es war viel natürliche Koketterie in dem hübschen Geschöpf, und Iversen nahm nur widerwillig Abschied von seiner angenehmen Einbildung.

Von Anneli kam in diesen Tagen eine große goldberänderte Karte. Sie hatte sich verlobt. Nach der glänzenden Anzeige war es eine gute Partie. Iversen hatte den Namen des Majors Soundso nie gehört; er vermuthete, daß es der Begleiter aus dem Theater sein müßte. Die Angelegenheit war ihm so gleichgiltig, daß er sich nicht einmal darüber Gewißheit verschaffte. Und doppelt freute er sich seiner Unbekannten. Er war ja auch immer überzeugt gewesen, daß sie etwas Besonderes sein müsse, nicht nach dem gewöhnlichen Frauentypus Geformtes. Er war auch nicht gewöhnlich, und sie hatte doch an ihm Gefallen gefunden, schon das sprach für die höhere Natur. Wenn sie doch endlich ins Tagelicht träte! Er hatte nun ziemlich direkt gefragt. Spiel ist lieblich, aber es muß doch einmal ein Ende haben. Das wäre doch dann auch ein ganz anderes Zusammentreffen, ein Wiederbegegnen, nachdem man sich schon innerlich kennt, sich schon zärtliche und intime Dinge gesagt hat.

Als er längere Zeit ohne Erwiderung blieb – sein erster Blick, wenn er nach einem Ausgang sein Zimmer betrat, galt immer dem ersehnten Briefchen –, fing er an, kühl und skeptisch zu werden. Es hat sich da Jemand einen Witz mit ihm erlaubt, aber er ist nicht der Geck, der sich nasführen läßt. Seine Doktorin Röslein, die ihm jetzt zuweilen Harfe vorspielte und mit einer kleinen, etwas zitternden Stimme italienische Liedchen dazu sang, war eigentlich viel poetischer, so als Figur betrachtet – diese preciöse und capriciöse Unbekannte stand doch ganz in der Luft. Lieber Gott, was für ein Leben die alte Dame geführt hatte! Sie erzählte ihm, wie das mit dem

Bräutigam gewesen war. Der Vater hatte sie verlobt, sie kannte ihn wenig, aber man sagte ihr, daß er sehr zart und schwächlich sei und sterben würde, wenn sie ihr Jawort nicht gäbe. Da war sie schnell bereit gewesen und hatte ihn lieb gewonnen; es hieß, ihr heiterer Einfluß werde ihn gesund machen. Aber eben, als alle die besten Hoffnungen hegten, hatte er die furchtbaren Anfälle bekommen, das erste Mal vor einem Gartenfest, das dem Brautpaar zu Ehren veranstaltet wurde. Man fand ihn nach langem Warten besinnungslos und blutend in seinem Ankleidezimmer. Der Arzt schob die Heirath hinaus, der Vater des Unglücklichen nahm ihr das Versprechen ab, zu warten, bis sein Sohn gesund sei. Jede Aufregung – und was hätte ihn mehr aufregen können als die Untreue des geliebten Mädchens — konnte verhängnisvoll werden. Und so hatte sie denn dreißig Jahre gewartet. Als sie getraut wurden, war er überhaupt kein zurechnungsfähiger Mensch mehr, aber er streckte noch immer die Arme nach ihr aus. Ihren Namen hatte er vergessen, aber ihre Gegenwart beruhigte ihn besser als ein Schlafmittel. In den letzten zehn Jahren seines armes Daseins war sie seine Pflegerin gewesen, dann hatte sie noch weitere fünf Jahre mit seinem Vater hausgehalten, der ganz vereinsamt und beraubt mit eigensinniger Liebe an ihr gehangen. Iversen konnte nicht herausbringen, ob sie es empfand, daß man sie aufgeopfert habe; sie erzählte alles wie ein zwar trauriges, aber doch unabänderliches Schicksal. Er wollte ihr sagen: eine neue Zeit ist angebrochen, wir Jungen finden das, was du erzählst, lächerlich, fast empörend, und jedenfalls unnatürlich. Er brachte es nicht über die Zunge; es half ja nicht mehr. Und etwas wehmüthig Hübsches haben sie unleugbar, diese epheuumsponnenen romantischen Ruinen aus einer zahmeren Zeit. Halb neugierig halb bewundernd steht man davor und sucht nach einem Zusammenhang dieser Erscheinungen mit der Gegenwart, findet keine, zuckt die Achseln und – geht. Aber manchmal, im Traum, oder wenn man nervös, so recht drunten ist, fällt einem so ein Ruhefleck wieder ein, und man kann sogar Sehnsucht danach empfinden, eine halbe Stunde lang oder gar noch länger. Man braucht sich deshalb nicht zu schämen, das kommt bei den modernsten Menschen vor!

Eines Abends kam ein zugereister Bekannter mit Iversen herauf. Sie hatten sich im Café verschwatzt, und es war spät geworden –

wozu verschlafene Hotelleute herausklingeln, wenn man ein Sopha und ein Bett besitzt? Und gerade heute mußte sich's treffen, daß wieder Blumenduft ihm entgegenquoll, lauter frühe Rosen, und daß ein weißes Briefchen vom braunen Tischteppich leuchtete. Iversen wurde befangen, steckte hastig das Schreiben zu sich und stellte die Vase in eine dunkle Ecke. Das ungeschickte Manöver fiel auf, der »Genosse« machte zudringliche täppische Bemerkungen; Iversen mußte an sich halten, um den Gast nicht zu beleidigen; am liebsten hätte er ihn vor die Thür gesetzt. Wie kann man nur auf den verrückten Gedanken kommen, mit einem halbfremden, gleichgiltigen Menschen das Zimmer zu teilen! Er getraute sich nicht, den Brief zu lesen, mußte die Kerze nehmen und damit in die Küche gehen, die er noch nie betreten hatte. Auf dem Herde sitzend, unter der ärgsten Selbstverspottung, las er die folgenden Zeilen:

Froh tret' ich in mein trauliches Gemach,
Der Mondschein begrüßt mich an der Schwelle.
Wie ruht in seiner silberblauen Helle
So still da Haus vom Garten bis zum Dach.

Verschwiegener Sehnsucht unerschöpfte Quelle,
Nun wirst du wieder mir im Busen wach.
Den schnellen Wolken ziehn die Wünsche nach:
Ich selber, baumgleich, wurzle an der Stelle.

Ein Wort! ein Wort nur! nur nicht stumm ertragen!
Da horch, wie süßer Ton die Luft durchzieht;Es
schluchzt und klagt die Nachtigall ihr Lied:
Ich darf nicht, laß von ihr alles sagen!

Als er zurückkam, schnarchte der Gast bereits und zwar in Iversens Bette. Der nahm zornig den Strohhut und ging ins Freie. Schnarchende Leute waren ihm zuwider, und eine dicke Luft nach getragenen Kleidern war auch da drinnen. Es war dunkel, trotz der Sommernacht; die Amseln schliefen nicht fest, alle Augenblick hörte er ihr unterdrücktes kicherndes Plaudern im Traum. Die Brunnen an der Zürichbergstraße unter den Bäumen waren um so gesprächiger, je mehr die Blätter schwiegen.

Der Student wanderte wie in halbem Schlaf, es war den ganzen Tag schwül gewesen. Und sein Abenteuer – »Möchte wissen, wo die Nachtigallen singen gehört hat! 's gibt hier doch keine!« sagte er einmal laut und verächtlich. »Niemand kann von der Luft leben, nicht einmal die sogenannte Liebe!« Statt ihn so aus der Wolke anzusäuseln, sollte sie nun einmal herunterkommen, sollte so mit ihm durch die verschwiegene Sommernacht wandern, sollte ein Mensch sein und kein Phantom! Natürlich würde sie ihm auch dann halb verleidet sein, wenn sie nicht etwas ganz Besonderes wäre. Es war sein Unglück, daß ihm alle so bald verleidet wurden, aber er trug es als Zeichen einer höheren Natur. Zudem hatte er noch kein Weib wahrhaft besessen, es war ein kurzer Rausch oder eine eitle Komödie gewesen, man konnte nicht wissen, ob etwas an der Sache wäre oder nicht. So wenig Neigung er fühlte sich zu binden, so gern hätte er doch ein Weib gebunden, um einmal diese Nation genauer zu beobachten. Aber es schien, daß Spiegelfechterei ihre Hauptkunst war.

Lange hielt die Enttäuschung nicht Stich. Er genoß die seltsame, unklare Geschichte, genoß sie wie die herrlich weiche dunkle Nacht. Und dann freute er sich über sich selbst, daß er etwas so Ätherisches, Sublimirtes zu genießen vermöge, und fand sich höchst bedeutend. Aber halt! sollte es nicht unmodern sein? Nein, er brauchte sich wirklich nicht zu beunruhigen, er brauchte nur an die Symbolisten zu denken. Wer war transcendenter als sie! Von dem großen, tiefen, brausenden Liebesstrom, der durch die Wesenwelt geht, war ein heller klingender Tropfen auf ihn gesprüht – woher? wozu? nur Thoren fragen! Genug, daß es Liebe ist. Er begann vor sich hinzusummen: »O fürchte nicht, ich bin verschwiegen!« bis ihm das weitere einfiel und er seine Antwort improvisirte:

O fürchte nicht, ich bin verschwiegen!
Dem eignen Herzen sag ich's kaum;
Mir bangt, er möchte mir entfliegen,
Der flaumenleichte Maientraum.

Man darf die Geister nicht erschrecken:
Ein lautes Wort – sie sind entrückt!

Froh bin ich, daß aus allen Ecken
Mir noch dein Elfenköpfchen nickt.

Und nachts am windumspielten Fenster,
Mit zücht'gen Schleiern angethan,
Seh ich die zierlichsten Gespenster,
Und du, du führst den Reigen an.

Dann breit ich sehnsuchtsvoll die Arme:
O komm zu mir, ich bin dir gut!
Reich mir die Hand, die menschenwarme!
Doch du, du lachst: ich hab kein Blut.

In den Schluß war nun fast gegen seinen Willen doch etwas Ironisches, Bitterliches gekommen. Nun, mochte es dabei sein Bewenden haben. Sie würde schon fühlen, daß es nicht schlimm gemeint war. Seine Empfindung für sie, seine mystische Neigung ins Blaue, Unbegrenzte stieg mächtig an in dieser Nacht. Er war ihr so dankbar für jeden halbvertrauten Vogellaut, der sein Ohr entzückte, für jeden blitzenden Stern, dessen vertrauter Strahl zwischen den schwarzen Zweigen hervorbrach. Ein starker, voller Donner, der über ihn hinfuhr, durchzuckte ihn froh, und wie der Wind zu sausen anhob und nun alles stumme Gras und Laub Sprache bekam, neues Donnerorgeln folgte und endlich das vollstimmige Orchester eines nächtlichen Gewitters ihm alle Sinne füllte, kam über ihn jene auflösende, die Persönlichkeit auflösende Empfindung, welche doch wieder nur das höchstgesteigerte Gefühl der Persönlichkeit ist, und er schrie und sang in den Chor hinein, machte Sprünge wie ein Knabe und fühlte Thränen des Entzückens, der überschlagenden, gestaltlosen Lust, über seine Backen rinnen. Unter seinem großen Hute, von dem der Regen wie aus einer Dachrinne herabgoß, war ihm zugleich so heimlich, so unendlich behaglich; klein zusammengekauert in eine enge Ecke saßen Urteil und Selbstbetrachtung, die ihm ewig sonst zu schaffen machten.

Inzwischen gab es in seiner Behausung eine Tragikomödie, und er fand eine ganz verzettelte Wirthschaft, als er nicht eben früh des Morgens heimkam: in einer Scheune im Heu hatte er sich verschlafen. Der Genosse lag noch immer im Bett und empfing ihn mit einer

Leidensgeschichte, die ihm ein tolles Lachen entlockte. Er lief hinaus, um die Wirthin zu sprechen, und wurde mit so reuevoller verlegener Güte aufgenommen, daß er auch hier trösten mußte. Nein, nein, sie war nicht schuld, die gute kleine Doktorin, daß sie das abgetragene Beinkleid des »Genossen«, das vor der Thür zum Ausklopfen gehangen, heute schon in aller Herrgottsfrüh einem reisenden Handwerksburschen geschenkt hatte. Warum auch hatte Kathi es mit aufgegriffen und unter Kleidungsstücken aus des seligen Doktors Garderobe auf die engere Wahl gebracht? Nun freilich war es der eifrigen Wohlthäterin klar, warum nur dies eine Stück der kurzen Statur des Bittenden entsprochen, während ihm alle anderen Hosen zu lang gewesen! Und sie hatte sich gerade noch so sehr über diese kurze gefreut und sich gar nicht den Kopf zerbrochen – »ich glaubte, die Herren trügen sie lang oder kurz, je nach der Mode«, sagte sie erröthend und mit leise gerungenen Händen.

Der beraubte Zugereiste hatte nun schon die gesammten vorhandenen Stücke durchprobirt, erst des verstorbnen Doktor Röslins und dann Iversens, aber der Unterschied lag vor allem in der Weite, und muthlos war er wieder ins Bett zurückgestiegen. Er nahm Iversens Bemerkung, die Wirthin sei eine reizende alte Frau, gerade als eine Beleidigung für sich, um so mehr, da er durchaus weiterreisen, abends an einem anderen Orte in einer Versammlung sprechen mußte. Kathi lief auf den Straßen umher nach dem Handwerksburschen, Iversen selbst mußte in irgend eine »Goldne Neun« oder »Zweiundzwanzig« wandern, um nach einem passenden Beinkleid auszuschauen. Der Wunsch, den ihm unangenehmen Fremden aus seinem Zimmer los zu werden, feuerte seine Dienstwilligkeit an, die kleine Doktorin legte eine schwärmerische Dankbarkeit deshalb an den Tag, dazwischen aber lachte auch sie mit einem schalkhaften unwillkürlichen Lächeln, das sie merkwürdig verjüngte. Iversen kaufte für sie eine Handvoll schöner halboffener Marschall-Niel-Rosen, um ihr zu zeigen, daß er der Lauserei wegen nicht unwillig geworden sei. Ihre Hand zitterte in der seinen, als er ihr die Blumen überreichte, sie wechselte die Farbe und athmete ein paarmal heftig. Der Student beugte sich besorgt zu der kleinen Gestalt. »O, es ist nichts als mein altes Herzklopfen«, sagte die Frau leise abwehrend. »Ob ich einen Herzfehler habe, meinen Sie? Ja, es ist so etwas, ich habe einen langen Zettel voll Vorschriften –«

Iversen gab ihr noch einige dazu. »Man kann zum Glück alt dabei werden«, meinte er.

»Zum Glück?« Es klang ganz melancholisch.

Dann ging er in sein Zimmer und war glücklich, daß er wieder allein war, niemand darin als er und seine liebe körperlose Unbekannte. Sie nahm so wenig Platz weg, war so anspruchslos und bequem, viel bequemer als die volle Anwesenheit. In Damengesellschaft hätte er sich doch nicht so längelang aufs Sopha strecken können, wie er's jetzt that.

Nach einigen Tagen, in denen er immer mehr und mehr in nahen und vertrauten Verkehr mit der Namenlosen gerieth, schrieb er, zum erstenmale aus vollem Gefühl heraus, die folgenden Zeilen:

Der Tag weiß nichts von dir und lärmt und schreit,
Doch wenn die Nacht kommt, herrschest du allein.
Dann sitz ich dir zu Füßen, und so weit
Wir sonst geschieden sind, dann bist du mein,
Und jenseits liegt das Maß für Raum und Zeit.

Seltsam berührte es ihn aber, noch ehe er der Doktorin Röslin das Briefchen wie gewöhnlich anvertraut, schon auf seinem Tische die Antwort zu finden. Sie lag da und wartete geduldig, bis er die Oberhemden und Taschentücher weggeräumt haben würde, die von der Waschfrau oben darauf gelegt worden. Blumen waren diesmal nicht dabei, die innige Schwärmerei der Worte bedurfte auch deren nicht. Sie machte einen ganz besonderen Eindruck auf den jungen Mann, es war ein unverdientes Zuviel darin, immer noch viel mehr, als er empfinden konnte. Es klang:

Und bist du auch für mich nicht da,
Ich freu mich deines Daseins doch,
Und bist du nur im Traum mir nah,
Du hellest meine Träume noch.

Du Stern in meiner Winternacht,
Mein Auge hängt an dir in Ruh;

Die ganze Welt verschwindet sacht,
Und was noch bleibt, bist einzig du.

Es verhauchte wie ein Kuß. Lange saß er in Gedanken. Eine Furcht überfiel ihn, daß Jemand ihn so lieb haben sollte, ohne daß er etwas dazu gethan. Er war gezwungen, beständig an etwas zu denken, das sich ungerufen, eigenmächtig und hartnäckig in sein Leben gedrängt hatte. Dieses fremde, viel zu warme, viel zu liebevolle Empfinden eroberte ihn geradezu, entfremdete ihn sich selbst, machte ihn weich, sentimental, weiblich. Er mochte nicht erobert werden. Das gewisse Fräulein hätte hübsch warten sollen, wie es sich für ihr Geschlecht ziemte. Er wäre dann schon gekommen und hätte alles Nothwendige gesagt. Das war doch Männersache. Diese modernen Emancipationsgelüste waren in der Praxis entschieden demüthigend für die Männer. Und so schlau verfuhr diese Unbekannte, daß sie mit ihrer Person ganz dahinten blieb. Das war das Ärgste. Sie hatte wohl eine Ahnung, daß ihr Hervortreten das Ende ihrer Macht bedeuten würde. Dann würde das normale Verhältniß sich gleich herstellen, dann hieße es »Mannshand haben«, und man küßte sich, hätte sich, und ließe die schönen Gefühle auf sich beruhen. Sie kämen dann gewiß nicht so an die Oberfläche; diese ewige Verpflichtungen, etwas Zarteres, Edleres vorzustellen, als er eigentlich war, konnte zu einem Alp werden. Eine Strophe von Tennyson fiel ihm ein:

Should I not take care of all that I think,
Yes, even of wretched meat and drink,
If I be dear, if I be dear to someone else?

Sehr schön! immer besser! Auch noch auf seine Gedanken acht geben! das möchte sie wohl. Flugs nahm er sich vor, an etwas ganz Gemeines, Unsauberes, Ekelhaftes zu denken. Er wollte sich beweisen, daß er noch frei war, das zu thun. Es machte ihm nicht das geringste Vergnügen; aber er trotzte, rief alles ins Gedächtniß, was solch ein delikates Wesen hätte empören oder doch entsetzen müssen. Nachher guckte er sich um, bubenhaft, scheu, erröthete sozusagen inwendig.

Er hörte eine leise Musik über den Korridor herüber. Die Doktorin Röslin spielte Harfe. Er klopfte an und bat, sich in eine Ecke setzen zu dürfen. »Bitte, thun Sie garnicht, als ob ich da wäre.«

Sie spielte sehr schön, und es war wie ein Bild, die kleine Gestalt in der Ecke unter den Palmen. Das Lampenlicht schimmerte sanft auf den Saiten. Nur hatte Iversen die Empfindung, als ob ihm dabei alle Gelenke weich würden. »Es ist das alles so süß und gut, das halte der Teufel aus!« murmelte er vor sich. Auf irgend einem geheimnisvollen Wege merkte die Spielerin, daß es ihm zu viel wurde, und brach ab. Sie plauderte dann, und wider Willen — er hatte übrigens seine zuletzt geschriebenen Verse in der Hand — sprach Iversen einige Worte über das seltsame Verhältniß.

»Denken Sie sich, ich kenne meine Korrespondentin bis zur Stunde nicht«, sagte er zutraulich. »Aber ich werde sie kennen lernen, und dann soll sie mir büßen für alle diese Wochen«, setzte er übermüthigen Tones hinzu. Ihr verwunderter, verlegener Blick machte ihn lächeln. »Wenn Sie eine Tochter hätten, könnte sie Ihre Tochter sein.« Er überraschte sich selbst mit diesem Einfall; irgend eine plötzliche Kombination, deren Glieder ihm selber dunkel waren, hatte sich da vollzogen. Von der Doktorin hatte er nur einen unbestimmten Laut als Erwiderung gehört. »Ich habe Sie doch nicht beleidigt?« sagte er lebhaft nach einer Pause. »Sie brauchten sich wahrhaftig nicht zu schämen, wenn Sie solche Tochter hätten, oder finden Sie, daß eine Dame überhaupt nicht comme il faut ist, wenn sie an einen Mann schreibt?« Er beugte sich neugierig vor, um ihre Antwort zu hören; sie blickte nicht von ihrer Handarbeit auf, er fand sie blaß und erschöpft aussehend und schloß aus ihrer Einsilbigkeit, daß er sich empfehlen solle. »Ich glaube, die Frauen und Mädchen sind furchtbar engherzig gegen ihre eigenen Geschlechtsgenossinnen«, bemerkte er etwas hochfahrend, während er aufstand, »ich wette, Sie denken nichts Gutes von meiner armen Unbekannten.« Er erschrak, als er ihre Augen feucht werden sah. »So böse war's nicht gemeint! Ich kenne doch Ihre Nachsicht. Ich soll Ihnen übrigens einen respektvollen Gruß von Mordtmann sagen, das bewußte Kleidungsstück bewähre sich ausgezeichnet, und ich vermuthe, wenn er wieder einmal ein Paar alte Hosen gegen neue los werden möchte, beglückt er uns mit seinem Besuch.« So gingen sie lächelnd auseinander.

Nachts hörte Iversen Thüren öffnen und schließen, ein schnelles Laufen auf dem Korridor. Kathi erzählte ihm Morgens mit langem Gesicht, die Frau Doktorin habe einen argen Herzkrampf gehabt, doch wisse man schon die Mittel. Iversen ließ anfragen, ob er die Patienten sehen dürfe. Nein, die Frau ließe bitten, erst morgen – sie hoffe dann wieder das Bett verlassen zu dürfen. Er wollte ihr Blumen mitbringen – die Rosen neulich hatte er tagelang auf ihrem Schreibtisch stehen sehen, aber jetzt, gegen Ende des Monats, hatte er kein Geld mehr. Mit Erstaunen bemerkte er, daß er sich darüber ärgerte – dies Haus hat mich vollständig umgewandelt, ich werde noch nächstens als kleines Mädchens aufwachen! Er war sehr unzufrieden, daß er so suggestibel sein sollte: nächstes Semester wohne ich wo anders; nur nicht zu vertraut mit den Wirthsleuten werden! beschloß er.

Die Doktorin war nach wenigen Tagen beweglich und beschäftigt wie immer. Er sah sie zuerst auf der Straße wieder; sie trug einen großen weißgrünen Blumenkranz. In aller Geschwindigkeit erzählte sie ihm, daß ihre alte Putzfrau gestorben sei, die gewiß von Niemand sonst einen Kranz bekomme. Sie sei ein wüstes trunkfälliges Weib gewesen, hörte Iversen mit halben Ohren; die Geschichte war ihm sehr gleichgiltig.

»Ich finde, daß Sie angegriffen aussehen, und da laufen Sie nun schon wieder für fremde Leute herum, und noch gar für todte!« zankte er, um nur etwas zu sagen.

»Verzeihen Sie, daß ich Sie neulich nicht empfangen habe unter meinen Kolben und Mixturen«, sagte sie; »aber wenn man dreiundsechzig und immer noch ein bißchen eitel ist« – sie schüttelte das Haupt, ihr Lächeln hatte etwas Sonderbares, als könnte es leicht in Weinen umschlagen. Der Student lief schnell davon, um es nicht zu erleben.

Die heißen Tage kamen. Wie ein Dampfbad war die Luft, denn es gewitterte jede Nacht. Iversen saß den ganzen Tag in seiner Stube, die grünen Läden geschlossen, den Zimmerschlüssel umgedreht. Abends trieb er sich auf dem See herum, meistens allein; er war in der letzten Zeit wortkarg geworden. Eigentlich apostrophirte er fortwährend die Unbekannte, laut, leise, oder nur in Gedanken, in Prosa, in Versen, im Guten wie im Bösen. Namentlich auch im Bösen, denn sie ließ ihn wieder warten. Das Frauenzimmer hatte Launen. Vielleicht bereue sie auch ihren letzten, zu zärtlichen Erguß. Vielleicht will sie aufhören?

Hoffmann kam eines Tages, um ihn zu einem mehrtägigen Ausflug in das Berner Oberland aufzufordern. Er griff den Plan auf, um sich selber loszuwerden. Es war nachgerade unerträglich langweilig, so von einem anderen Individuum abhängig zu sein. Sie machten einige tüchtige Märsche, ein paar berggewandte Schweizer Bekannte führten sie in die weniger begangene, vom Fremdenstrom noch kaum berührte Hochgebirgswelt. Es gab harmlose Abenteuer und mannhafte Strapazen. Iversen versuchte auf dem Rhone-Gletscher sich die geheimnisvolle Korrespondentin vorzustellen, gerade hier oben, in der herben, dünnen Luft, unterm unverfälschten Himmelblau, beleuchtet von dem klar blickenden, scharf bohrenden Sonnenauge. Er hoffte, daß hier alles zergehen werde, drunten bleiben im Thal mit dem Rauch der Kamine, dem Nebel der Wiesen. Aber wie ein Vogel flog es mit scharfem lustigen Schrei neckend ihm über den Kopf und stieg mit silberblickenden Flügeln höher und höher. Der ins Thal zurück mußte, war er selber – sie aber schien durch nichts mit dem gemeinen Hüttenrauch verknüpft.

Voller Erwartung kehrte er heim, ob er nicht schon etwas versäumt habe. Und dann wollte er auf seine kleine Wirthin eindringen und sie zum Reden veranlassen. Sie ist ja weich wie Butter, warum sollte sie nur mit gegenüber unerbittlich sein? Einen Anderen würde er sicher verlacht haben, wenn er sich so wie ein kleines Kind beschwichtigen ließe.

Auf der braunen Tuchplatte seines Schreibtisches leuchtete es schon von weitem. Es lagen dort drei weiße Lilien, ein wenig matt, dazwischen ein Brief. Warum sie nur nicht ins Wasser gesteckt worden sind? dachte er, ob die schon lange hier liegen? Der gelbe Blüthenstaub lag über das Tuch verstreut, der starke Duft war im ganzen Zimmer verbreitet. Es sah so feierlich aus, wie bei einem Grabmahl. Wenn's nur keine traurige Endschaft bedeutet! Dann die Worte:

Der Tag ist hingegangen,
Verklungen Lust und Weh:

Das kalte blasse Mondlicht
Schläft auf dem schweigenden See.

Im Garten blüh'n die Lilien,
Sie schimmern bleich wie Schnee;
Bald blüh'n sie auf meinem Grabe
Drunten am schweigenden See.

Als die erste Verwunderung vorüber war – Iversen fand es sehr unbequem, immer von einer Stimmung in die andere geworfen zu werden –, tröstete er sich damit, daß es jetzt erst interessant werden dürfte. Es stand ihm nun fest, daß die Schreiberin eine unglücklich verheirathete Frau war – gibt es überhaupt glücklich Verheirathete? daß sie Gewissensbisse hatte, weil sie zu weit gegangen; er hoffte, daß dieser Anfall vorübergehen und sie ihm zuführen werde, wenn nur er die Krise richtig benutzte. Und dazu fühlte er sich durchaus aufgelegt. Froh, daß auch ihm einmal wieder etwas zu thun blieb, und mehr denn je von dem Wunsch erfüllt, sie zu halten, dachte er sogleich auf eine Antwort, und die Worte glitten ihm warm vom Herzen in die Feder, ein volles Glücksgefühl kam über ihn, während er schrieb:

»Wer ist es, der dich für die Todten wirbt,
Du wundervolle weiße Blume?
Mit Unrecht ist's! du blühst im Heiligthume
Sehnender Liebe, die aus Sehnsucht stirbt.

Denn süße Leidenschaft enthüllt dein Duft;
Du strömst ihn aus, als gält es, zu verbluten,
Jäh zu vergeh'n in deinen weißen Gluten –
Und du verschmähst mich? sprichst von Tod und Gruft?

Kennst du das Leben? Wende dich nicht ab.
Sieh, meine Wangen glühen purpurroth!
Gib dich mir heute, morgen sind wir todt!
Ich liebe dich! o wende dich nicht ab.«

Den folgenden Tag ging er in einem Rausch umher, der ihn trieb, sich vor keinem der Bekannten blicken zu lassen. Am Waldrand lag er, sah eine unbeschreibliche Verklärung über dem Thal; die erhöhte farbenbrennende Föhnstimmung über dem bronzenen Grün und dem türkisblauen See war ihm ein Spiegelbild seines Inneren. Lange hielt es ihn nicht draußen, er mußte wieder heim, mußte sehen, ob kein Brief für ihn da sei, ein hastiger Blick in die Thür, ein Kopfschütteln und Herumsuchen unter den Papieren des Schreibtisches, und dann wieder hinaus, denn es litt ihn nicht im geschlossenen Raum. Er hoffte zuversichtlich auf einen krönenden Schluß. Irgendwo wird sich doch eine Thür aufthun und sie hervorgehen, geradeswegs in seine Arme. Er brauchte diesmal nicht lange zu warten. Am zweiten Tage schon lag die ersehnte Antwort für ihn da. Sein Herz schlug, da er sie in die Hand nahm. Er ging an die Thür, schob den Riegel vor, wusch sich die heißen Hände und warf sich aufs Sopha, um in aller äußeren Ruhe zu lesen; er hatte sich, seit er das Couvert gesehen, fortwährend wiederholt, daß sich jetzt sein Schicksal entscheiden wolle. Er las:

Eine arme Seele sitzt gefangen.
Draußen singt es vor den Kerkerwänden.
Nimmer wird ins Freie sie gelangen,
Bleigewichte trägt sie an den Händen.

Bleigewichte trägt sie an den Füßen.
Draußen liegt das Land, das sie verbannte,
Draußen lockt die Stimme, die bekannte,
Nur ihr Seufzer darf hinüber grüßen.

Ach wer zählt die Thränen, hört die Klagen?
Kalte Mauern haben sie getrunken.
Nirgends bleibt, wenn sie ins Nichts versunken,
Eine Spur von ihren Lebenstagen.

Ohne Zukunft, ohne Hoffnungsschimmer
Sag ich lebewohl in tiefem Leide.
Letzte Thorheit, lebe wohl für immer,
Lebe wohl, du meine letzte Freude.

Das war sehr unerwartet. Der Student ließ das Blatt auf den Tisch fallen, schob es dann noch ein bißchen weiter fort. Echt? oder Koketterie? Besonders das Wort von der Thorheit mißfiel ihm. Er die Thorheit eines Frauenzimmers? Es war diese Strophe, die ihm im Gedächtniß blieb und darin herumbrummte wie eine gefangene Hummel in einem Glas. Abgedankt, ehe es noch recht angefangen hatte? Und doch war etwas in den klagenden Tönen, was sich an sein Mitleid wandte. »Entweder kommt's jetzt erst recht, oder es ist aus«, sagte er unsicher. Allmählich aber schien es wirklich aus zu sein. Er fühlte nämlich zum erstenmal nicht die geringste Neigung zu antworten. Ihm kam auch kein Einfall. Es war ein feierlicher Ernst in ihren letzten Worten, ein Ernst, der ihm fremd war, der ihm unnatürlich, forcirt vorkam. Er mochte auch nicht das Clavier machen für die ernsten besten musikbedürftigen Hände und dann in den Winkel gestellt werden. Und wie gehorsam hatte er getönt, was sie aufschlug. Aber nun war es zu Ende mit der Resonanz. »Zum Teufel auch, so hätte sie mich in Ruhe lassen sollen von Anfang an!« Resignation – nein, die war entschieden unmodern, da konnte er nicht mehr mitthun. Oder sollte die »letzte Freude« etwa andeuten, daß er eine Reihe von Vorgängern gehabt hatte? Das wäre dann allerdings pikant, sogar stark für ein Weib, das so offen zu berufen, ehe es danach gefragt ward. Die Kerkerwände – nun, die mochten ihre Ehe bedeuten — das Land, das sie verbannte, war einfach die Freiheit über die eigene Person. Das kam von diesem ewigen Drauflosheirathen. Wenn er doch nur gewußt hätte, wie sie eigentlich aussah! Das war doch die Hauptsache. Man hätte dann wenigstens beurteilen können, ob es sich lohnte, Himmel und Erde in Bewegung zu setzen. Aber in solch einem Briefwechsel in Versen geht es doch nicht gut, sich die Photographie auszubitten. Da nimmt man unbesehen das Angenehmste an.

Der Ärger verschwand. Er schrieb nicht mehr, wo er ging und stand, brüske Prosbillets in zehn Worten, Aufforderungen, sich zu erklären, Vorwürfe, daß sie eine Komödie mit ihm gespielt habe.

Nun kam die Leere. Er wollte sie wieder haben. Es war nicht viel gewesen; aber sie hatte ihm doch Sensation verschafft, und er hatte sich den Wunsch nach Sensationen nicht bloß angelesen, wie seine Bekannten, es lag in seiner Natur, sie zu suchen. Er schrieb nun Verse, Klagen über seine Verlassenheit, die ihn selber bewegten; er sagte der Doktorin Röslin eines Tages: »Morgen werd' ich mir wieder erlauben, Ihnen ein Briefchen anzuvertrauen, meine Korrespondentin wartet schon seit vierzehn Tagen.«

Die Doktorin war von ungewohntem Ernst: »Ich habe versprechen müssen, nichts mehr anzunehmen; ich dachte, Sie wüßten es.«

Iversen blickte sie durchdringend an. »Ich wußte es nicht«, sagte er langsam, »aber, Sie scherzen nicht? Sie würden kein Billet mehr annehmen?«

Die Frau verneinte stumm.

»Aber, mein Gott, was ist denn vorgefallen? Warum werde ich so im Dunklen gehalten? Glauben Sie denn, daß es mir gleichgiltig ist?« Eine ungewohnte Wärme war in seiner Stimme, sein Gesicht hatte sich gefärbt, deutliche Spannung sprach aus seinen Augen.

»Ich darf Ihnen nichts verrathen! Verzeihen Sie mir!«

Die Frau ergriff die Klinke ihrer Schlafzimmerthür, sie hatte mit tief bewegtem Ton gesprochen, er zweifelte nicht, daß sie ihm alles mitgeteilt, wenn sie gedurft hätte.

Dennoch kam er sich wie ein Narr vor, wie ein Kind, das man weggelockt hat und das den Weg nach Hause nicht mehr findet. Und diese Weiber hängen auch alle zusammen wie die Kletten! Es heißt da immer, sie seien schwatzhaft, könnten kein Geheimniß bewahren; auch eine Wahrheit, die schon so abgenutzt ist, daß sie nicht mehr taugt.

Dann kamen Tage, wo das Bedauern, sie verloren zu haben, alles andere überwog. Er stürmte eines Abends in das Zimmer seiner Wirthin, aufgeregt wie ein verliebter Knabe, der seine Sehnsucht nicht länger bezwingen kann.

»Helfen Sie mir meine Unbekannte finden«, bat er in dem Ton, in dem er vor fünfzehn Jahren seine Mutter um ein Spielzeug gebeten haben mochte. »Sie haben ein so gutes weiches Herz für alle Menschen, thun Sie mir auch einmal etwas zuliebe.«

Blaß bis in die Lippen, mit kämpfendem Athem und flehend sah die Frau zu ihm in die Höhe. »Nein! nein!«

»Aber Sie sehen doch, daß ich daran zu Grunde gehe!« rief er heftig.

Sie legte ihm die Hand auf den Arm: »Nein, sagen Sie das nicht. Liegt – liegt Ihnen denn wirklich so viel daran?«

Ihre Stimme schwankte, die letzten Worte erstarben in ihrem Munde.

Die groß verwunderten grauen Augen gaben ihm plötzlich eine Überlegenheit. »Die Frauen sind, glaube ich, so eine Art Eispasteten, wissen von gar nichts«, sagte er halb zu sich selbst. »Gute Nacht, und nichts für ungut.« Er schüttelte ihr die Hand, die schwach und leblos an ihrer Seite niederhing.

Dann traf er seine Reisevorbereitungen. Er wollte sich entschädigen für all' die Anläufe des Fleißes und für diese unterirdischen Monate. In wenigen Tagen war Semesterschluß; er gedachte nicht, so lange auszuhalten. Und ob ich nachher hier zurückkomme? Schwerlich. Ich brauche wieder einmal andere Luft. Aber ich kann's ihr von unterwegs und schriftlich anzeigen, möglich auch, daß ich mich noch anders besinne.

Eines Morgens — er war noch nicht lange eingeschlafen – weckte ihn Klopfen und Geschrei vor seiner Zimmerthür.

Es war Kathi, die ihn rief, doch um Gotteswillen schnell aufzustehen und zu kommen.

Ohne sich recht zu besinnen, fuhr er in die Kleider; draußen stand die breite bäuerliche Person, die Schürze vor den Augen, lief ihm vorauf nach dem Wohnzimmer der Frau, die Thür stand offen, das Putzgeräth lag im Weg.

»Was ist?« wollte Iversen fragen; da sah er schon: die Doktorin Röslin saß zurückgelehnt in ihrem Schreibstuhl ohne Bewegung. Erschrocken trat er näher, rief sie an, berührte ihre Hände, die gefaltet im Schoß lagen.

Es waren die kalten Hände einer Todten. Das Gesicht war friedlich, um die klare Stirn und die leicht geschlossenen Augen schwebte ein sonderbarer Schimmer. Die Unterlippe war ein wenig eingezogen, wie im letzten Schmerz. In ihrem gewohnten schwarzen Kleide saß sie da, mußte sie die ganze Nacht so gesessen haben.

»Ein Herzschlag«, sagte der Student, und er schickte die Kathi nach dem Arzt.

Dann setzte er sich auf das Sopha in dem hübschen grünen Zimmer und betrachtete die Todte. Die sah so klug aus. Er dachte auch an das Geheimniß. Nun gibt sie's gewiß nicht mehr heraus, diese kleine sanfte Alte, und so – Ein leichter warmer Windstoß fuhr durchs offene Fenster über den Schreibtisch und blies ein Blatt hinunter; es tauchte auf wie ein Schmetterling, dann huschte es auf den Füßen des Studenten. Er haschte verloren danach, blickte darauf, staunte, blickte noch einmal und las die Seite hinunter, dann die folgende halbe.

Sein Wesen war verwandelt, er sprang auf, lief an den Schreibtisch, überflog hastig die dort verbreiteten Papiere. Da! auseinandergestreut neben dem Bronzeleuchter, auf dem die Kerze ganz herabgebrannt war, bekannte Züge – seine Gedichte! Die Schieblade stand noch offen, der Schlüssel hing daran – eben entnommen, wahrscheinlich um verbrannt zu werden, seine Verse an die Unbekannte! Also wer war sie nun gewesen?

Rathlos und beklommen flogen seine Blicke durch den Raum, eine eisige Hand hatte sich auf sein warmes junges Herz gelegt. Und hier die andere Handschrift? In seinen Ohren war ein Klingen und Klirren wie von tausend zersplitternden Glocken. Ihm war, als müsse er lachen und auf einmal wach sein; aber er hatte einen Kinnbackenkrampf, es kam nur ein blödes Grinsen heraus. Dann meinte er, daß er's ja längst gewußt habe, wollte sich mitten in seiner ungeheuren Betroffenheit einreden, daß er gar nicht überrascht sei, gar nicht. Er schaute hinter sich; da müßte doch jetzt die Welt stehen, müßte ihn ausspotten, Rübschen schaben; Ätsch, ätsch, du Tropf!

Da sah er im Morgenstrahl das weiße Kleid der jungen Harfenspielerin aufleuchten; mit einem Schrei der Erlösung flog er zu dem Bilde, dessen süße graue Augen so tief, so jung, so innig ins Leben zu blicken schienen. Er betrachtete es hingerissen, er konnte sich nicht wegwenden. Du! du! hauchte es in seinem Inneren; dann scheu blickte er sich um nach dem zusammengesunkenen kühlen todten Häufchen Asche im Lehnstuhl. »Nein! nein! nicht die!«

Und doch. Es war dieselbe Handschrift auf jenen Papierblättern, wie die all jener Verse, die er bekommen. »Und es soll doch nicht wahr sein!« Aber dann hier? Und er las noch einmal die Worte, die der Wind ihm geschenkt hatte:

Wie schwer die Wolken gehen,
Wie trüb die Welle schäumt!
Mir ist ein Weh geschehen, class="vers"
Das Glück hat mich versäumt.

Es kam daher gefahren
In Frühlingsduft und Licht,
Mit Rosen in den Haaren,
Jugend im Angesicht.

Ich rief in seligen Thränen:
O, warst du je so schön?
Mir bricht das Herz vor Sehnen,
Mußt du wieder vorübergehn.

Da nickte süß und schmerzlich
Das wohlbekannte Stück,
Und sandte mir so herzlich
Den alten Trost zurück:

Und darf ich auch nicht weilen,
Und findst du nimmer Ruh',
O glaub' auf hundert Meilen
Kennt keiner mich wie du.

Nur du siehst dieses Funkeln,
Nur du mich unverhüllt!
Wie trügen jene Dunkeln
Das schattenlose Bild.

Sähst du mich draußen wandeln,
Vermummt, verschrumpft und klein,
Du gönntest mich den andern,
Du riefst mich nicht herein.

Empfinde dein Geschicke
Demüthig, ohne Leid:
Dir ward im Augenblicke
Die volle Ewigkeit. — —

Und farbenfroh,
Ist es vorüberzogen —
O Herz, was blutest du so?

Der Schlüssel der Flurthür krachte im Schloß, Kathi kam mit dem Arzt. Iversen raffte alles, was er der Unbekannten geschrieben, mit dem letzten Blatt von ihrer Hand zusammen und verbarg es in seiner Brusttasche. Nach kurzer Begrüßung mit dem Doktor ging er in sein Zimmer, schloß sich ein und hörte nichts mehr als eine inwendige Frage, die er, die Faust an die Stirn gepreßt, vergeblich zu beantworten trachtete: Wo find ich nun? Ja, wo find ich nun?

Eigene Buchreihe oder eigenen Verlag gründen

Seit 2009 bietet tredition sein Verlagskonzept auch als sogenanntes "White-Label" an. Das bedeutet, dass andere Unternehmen, Institutionen und Personen risikofrei und unkompliziert selbst zum Herausgeber von Büchern und Buchreihen unter eigener Marke werden können. tredition übernimmt dabei das komplette Herstellungs- und Distributionsrisiko.

Zahlreiche Zeitschriften-, Zeitungs- und Buchverlage, Universitäten, Forschungseinrichtungen u.v.m. nutzen diese Dienstleistung von tredition, um unter eigener Marke ohne Risiko Bücher zu verlegen.

Alle Informationen im Internet: **www.tredition.de/fuer-verlage**

tredition wurde mit mehreren Innovationspreisen ausgezeichnet, u. a. mit dem Webfuture Award und dem Innovationspreis der Buch Digitale.

tredition ist Mitglied im Börsenverein des Deutschen Buchhandels.

Dieses Werk elektronisch lesen

Dieses Werk ist Teil der Gutenberg-DE Edition DVD. Diese enthält das komplette Archiv des Projekt Gutenberg-DE. Die DVD ist im Internet erhältlich auf **http://gutenbergshop.abc.de**